冷ややかな悪魔

石田夏穂

出張先のクアラルンプールから次の目的地に向かうところだった。いざ機内モード
にしようとしたら、部長からメールが入っている。
〈十五日、本社に出てこれる？〉
今日は十日の金曜日だ。いまから週末を利用して二度の乗り継ぎをして、次のトロ
ントに向かう。同地を発つのが現地時間の十四日の夕方だから、十五日は難しそうだ。
その旨をただちに返信する。まったくこき使いやがって。部長はいつものことなが
ら私のフットワークを当てにしすぎている。世界を股にかける女は辛い。
最終的に十六日ということになった。日本に戻って休む間もない。本社に寄るのは
いつ以来だろう。今回の東南アジア地域の支店巡りは、先月の二十日に日本を出立し

て、三週間あまり各地を転々とし、本来だったらここクアラルンプールが最終目的地だったが、急遽トロントに行くことになったのが昨日の午後だ。もともと行くはずだった部員の家族に不幸が生じ、ちょうど身体の空いたユカリに白羽の矢が立った。

ユカリはウーンと背伸びすると、颯爽とビジネスクラスの列に並んだ。

フッと、ひとり笑った。

世界を股にかける女は、辛いな。

*

ユカリは勤続十五年の会社員だ。新卒で加藤忠《かとうちゅう》の海外営業に配属されてからというもの、ずっとこうした生活を続けている。

十六日、ユカリは部長に言われたとおり出社した。本社は丸の内の一角にある。当然ながら自社ビルであって、エントランスのセキュリティは万全だ。が、この万全さがユカリのようなモーレツ営業マンには、ときとして裏目に出る。

案の定、家にあった社員証で入館しようとすると、ビーッと異常を伝えるアラームが鳴り、警備員がこちらに駆けつけ、ユカリに職務質問した。このゲートは半年だったか一年だったか、ある一定期間通行しない人物を「不審者」と見なすらしい。

「すみません、かなり久しぶりの出社で」

「待ってねー、いま照合するからねー」

ユカリは十分ほど待たされた。昨晩の飛行機であまり眠れず、ただただ欠伸《あくび》が止まらない。それにしても警備のオッチャンが替わったらしく、やけに照合に手間取っている。前のオッチャンだったらもっとテキトーで、すぐに通してくれたのに。

「あなたホントに加藤忠の人？」

さんざん待たされた挙句、照合できなかったらしい。

「ここは加藤忠の本社ですよ？　え、あなた他のビルと間違えてるんじゃないの？」

ついついイラッとする。何だよ、お前ら一銭たりとも会社の利益に貢献していないクセに。ユカリはあれやこれやと質問に答え、あらゆる身分証を提示した。まったく、このオッチャンたちの給料を私が外で稼いできているようなものなのに、なぜこんな目に遭わなければならないのだ。

やっとのことで入館すると、ユカリはエレベーターに乗った。ボタンを押すさい、はて、自分の部署は何階だったかと迷う。形ばかりの机はあるが、出張、転勤、赴任の嵐で、そこに座って働いたのは通算三年もない。いつもながら本社に戻ると完全に浦島太郎状態だ。

午前十時、ユカリは会議室で部長と会った。海外営業の部員は三十名ほどいるが、ユカリはいつも「外出中」なので、直属の上司と顔を合わせるのもウンか月ぶりだ。

「おお、有田《ありた》、ご無沙汰だな」

ユカリはいっときたじろいだ。部長の隣に見知らぬ従業員がいたのだ。

「どうだった、支店の様子は?」

部長はまずは業務の話をした。ユカリは淡々と成果を申し述べ、次第にこれは昇進の話だろうかと思いはじめた。わざわざ部長と対面で話すことといって、それ以外に思いつかない。

「急にトロントにも行ってもらって悪かったね」

「いえ、おかげでいい商談ができました」

もとより北米には来週から赴任する予定だ。今度は一年かそれ以上の長期になる。かねて話にあったカリフォルニアでの新しい案件が具体化してきているところだった。

「今日はちょっと、大事な話が……」

部長は本題を切り出した。ようやく紹介された隣の兄ちゃんは、人事の「健康増進チーム」の人らしい。ユカリは「はあ」と神妙に頷きながら、いかにもバックオフィスなチームだなと思った。

「実は前回お受けいただいた健康診断で、お伝えしなければならない事項がございまして……」

兄ちゃんはおずおずと口を開いた。よほどユカリと目を合わせることに恐怖しているのか、目線は下げられたままだ。

そのくせきっぱりと告げた。

「有田さんはこれより出張禁止になります」

「え?」とユカリは訊き返した。

「え、出張禁止？」

即座に部長の顔を見る。部長はあらかじめ目を伏せていた。

「え、それは、え、何でです？」

「率直に申し上げますと、前回の健康診断において、体脂肪率が三十五パーセントでしたので……」

曰く、先の一月から「新ルール」が適用され、生活習慣病の人、およびその予備軍の人に、社として海外派遣はさせないらしい。

「有田さんもご存じと思いますが、一昨年ＸＸに出張された資源部の方が、現地でお亡くなりになって……」

それはユカリも知っている。心不全だったか脳卒中だったか、その「資源部の方」は突発的な症状に見舞われ、不幸なことに現地で病院にかかるのに手間取ったらしく、結果、落命したのだ。

部長があとを引き継ぐように言った。

「ね、いまはそういう危機感も薄れてきてるけど、やっぱり海外出張って危険なことなんだよね」

　よくよく調べるとその「資源部の方」には、かねて健康に問題があったらしい。これという病名がついたことはなかったが、普段から大食いで、大酒飲みで、愛煙家で、運動をせず、徹夜を好み、ストレス漬けで、要するにザ・予備軍だったのだ。

「もともと疾病のある人を出張させないルールはあったんだけど、今回の件で予備軍の人も対象になって……やっぱりいまのご時世、健康状態が万全じゃない人を社の責任で派遣するのはいかがなものかとなってね」

　男性は体脂肪率二十パーセント以上、女性は三十パーセント以上が予備軍に分類されるとのことだ。なるほど、二人とも終始言いづらそうな雰囲気であるが、要はデブだから出張するなということだ。

「だから、ここはたいへん申し訳ないが、体脂肪率が、その……三十パーセントを切るまで、しばらく出張はお休みだな」

「でもわたし来週からサンフランシスコに……」

「それは代わりの人に行ってもらう。申し訳ないが、これはルールだから。海外営業だけ特別扱いはできない」

確かにここ数年の自分はややポッチャリしている。が、何も重篤に太っているわけではないし、身体も三十七歳にしては元気だ。でなければいまのようなタフな働き方はできない。

「いや、会社のルールなのはわかりましたけど、ちょっと体脂肪率がオーバーしただけでしょ?」

ユカリは必死に抗弁した。

「そもそも体脂肪率って測る時間帯によってけっこう変わるんじゃないですっけ? わたし詳しくないですけど……」

「ええ、有田さんの仰る通りです。体脂肪率を正確に測定するのは本来難しいことです。なのでいままで健康診断でもさほど重要視されてきませんでした」

ですが、と兄ちゃんは続けた。いつしか真っ直ぐアイコンタクトしていやがる。

「少しずつ技術も進歩して、体脂肪率もかつてなく正確に測れるようになってます。もちろん家庭用の体重計ではなく、然るべき機関のものに限りますが、従業員の健康管理に体脂肪率を使うようになっているのは何も当社だけではありません」

「私は出張先で倒れたりしませんよ。アメリカだったら医療機関も充実してるし……」

ユカリは何とかならないものか、強気に出たり、温情に訴えたり、最終的には頭を下げた。私は来週、合衆国に行きたい。とりわけサンフランシスコは大好きなのだ。どれだけ海外スキスキおばさんと馬鹿にされても、意識タカタカおばさんと失笑されても、本社《ここ》にずっといることに私は耐えられない。

「駄目だ、人がひとり亡くなってるんだぞ」

人事の手前というのもあったのだろうが、部長は語気を強めた。ユカリは口を閉ざすよりほかなかった。

「我々としても、このたびは非常に残念ですが、ご理解いただければと思います」

強制ご理解のついでとばかりに、ユカリは軽い生活指導を受けた。正しい食生活と、適度な運動と、十分な睡眠と、エトセトラ。へえ、ずいぶん舐められたもんだ。そんなの言われずともわかるわ。もっとも受けたショックが甚大すぎて、ほとんど聞き流していた。

「生活習慣病はその名の通り、生活習慣を見直せば改善しますので、必ずしも病院にかかる必要はありません」

うるせえよ、と胸の中で毒づく。そのころにはこのスラリと痩せた兄ちゃんが死神の遣いにしか見えなくなっていた。

「当面は生活の質を向上していただいて、また一年後に健康診断を受診してください。そこでの体脂肪率が、その、適正な数値でしたら、この出張禁止措置は解除されますから」

「一年後と言わず前倒しでもいいんですよね？」

かぶせるように突っ込む。たかが五パーセントの体脂肪率超過で三百六十五日も本社に軟禁されるなんて、あまりにナンセンスだ。兄ちゃんは「ええもちろん」と顔を引きつらせた。

「基本的には年に一回ですけど、自費でしたら前倒しでご受診いただいても構いませんよ」

「ちなみに誰が交代で行くんですか？」

「うーん、まだ人選中だけど……」

部長は右上の宙を睨んだ。

「そうだなあ、いまだったら田島《たじま》かなあ……」

嘘だろ、よりによって田島だなんて、全サンフランシスコが泣く。私のほうが遥かに現地に精通しているし、英語もウン十倍は上手い。ユカリはいよいよ意気消沈した。

「え、でも有田ってその、体脂肪率が三十五パーセントもあるように見えないよなあ」

部長が取りなすように笑った。兄ちゃんは同調するかと思いきや、黙って微笑むばかりだった。

「まあさ、有田もずっとバタバタしてたから、その、ここは何だろう、ちょっと人生を見直してみてもいいんじゃやない？」

そんな部長のありきたりな言葉は、ほとんど耳に入らなかった。

＊

ユカリはスポーツジムを訪れた。

「あ、ご入会手続きですねー、どうぞこちらへお越しください」

受付の子から各種書面を渡され、ざっと目を通す。自分がスポーツジムの門を叩くことになるとは夢にも思わなかった。

ユカリはそれまでスポーツとは無縁の人生だった。学生のころはずっと英語研究会で、社会人になってからもジム通いなどは他所《よそ》の世界の人のすることだと考えていた。

「まずはこちらの太枠内をご記入ください」

真顔でバインダーを受けとる。先に言い渡された出張禁止のショックはなおも尾を引き、本来だったらいまごろ自分は機上の人で、一路サンフランシスコに向かっていたはずだ。

有田ユカリ、三十七歳、会社員、女性、電話番号、B型、東京都在住、身長百六十センチ、体重五十八キロ、既往歴はなし。なし、で間違いじゃないよな？　体脂肪率三十五パーセントは何も病気ではない。

「ご記入ありがとうございます」

受付の子は、学生のアルバイトだろうか、金髪で、カジュアルで、いちいち動作が気取っていて、一言で言うとギャルだった。

ユカリがこのジムを訪れたのは、会社の福利厚生で利用できるからだ。昨日まで名前すら知らなかったが、国内有数のチェーン店らしい。

入会手続きに続いて「カウンセリング」に入った。相手はそのまま受付の子だ。

「有田さんがジムに通われる理由は何でしょう？」

ユカリが「えーっと」と言いかけると「ダイエットですか？」と先回りされた。

「あれですよね、下半身痩せですよね？」

ユカリは軽く傷ついた。そんなに下半身痩せが必要な人間に見えるだろうか？

「体脂肪率が三十五パーセントもあるように見えない」と、そんなコメントも頂戴したはずだが。

「ええ、体脂肪率を減らしたいです」

「なるほどつまり、ダイエットですよね？」

ユカリは一拍置いたのちに「そうです」と答えた。

「あれですよねー、夏までに痩せたいって感じですよねー」

いくらか誤解はあるものの「夏までに痩せたい」は事実だ。いまは三月の中旬であるが、一日でも早く出張に復帰したい。

「そうですね、遅くとも夏までには、体脂肪率をアンダー三十にしたいです」

「大丈夫です、いまからきちんとボディメイクすれば、夏まではぜんぜんビキニを着られるようになります」

ここはきちんと説明したほうがいいだろうか？　私は別にビジュアルのために痩せたいわけじゃない。数字の上で体脂肪率をクリアできれば、見た目はいまのままでいいくらいだ。

「何かスポーツのご経験は？」

「いえ、特にありません」

「なるほど、そうですよねえ……」

しかし出張どーのこーのと言っても、このネーチャンにはわからないだろう。見ると、ネーチャンは三月なのにだいぶ日焼けしていて、なるほど海でハジけちゃうタイプなのだなと知れた。

ネーチャンは次にジムを案内して回った。ロッカーだのトイレだの有酸素エリアだのトレーニングエリアだの、へえ、ジムってこんな感じなのだなあと無感動に学ぶ。利用客は中年、中年、学生、初老、あとは何だろう、ガチ勢の人たちもいる。ものすごくムキムキなオバサンもいた。あんなにムキムキになってしまって、この先どうするのだろう。

ユカリは徐々に不安になってきた。

自分、このジムに通いつづけられるだろうか？

「ちなみに会員数はどれくらいなんでしょう？」

「えーっと、三百くらいですね」

訊いたはいいが、特にコメントはない。

「うちは平日の夜は意外と空《す》いてますよ。近所に似たようなジムが三軒もありますから」

ガハハと陽気に笑い飛ばす。そして本日のカウンセリングの最後にと、体組成を測ることになった。

「あ、靴は履いたままでいいですよ。この電極をですね、こういう風に持って……」

レクチャー通りに体組成計に乗る。つるつるとした電極を「前へならえ」のように手に持ち、一分ばかり待った。

結果は、体重五十八キロ、体脂肪率三十五パーセント、筋肉量十七キロ、体脂肪量二十キロ。他にも細かい数字が列挙されていたが、目についたのはそれらだ。

「体脂肪率が高いですねー」

言わずもがなのことを言われる。「体脂肪率三十五パーセント」との現実を前に、ユカリは悄然とした。この機械で測ったらもしかするとまた別の数字が返ってくるのではと、僅かに期待したのだ。

「女性の体脂肪率は二十五パーセント前後がベストですよ。実際は二十パーセントくらいがカッコいいですけどね。いまから運動を習慣化して、これ以上お肉をつけないようにしましょう！」

こうも客観的事実をもとに語られると、ぐうの音も出ない。

「アンダー三十になるのにどれくらいかかりますかね？」

ネーチャンは「二、三か月でしょう」と答えた。

「もちろん有田さんの取り組み次第ですけど、だいたいその期間だと思います。無理に急いで落とそうとすると、絶対に上手くいかないので」

わかっちゃいたが暗澹《あんたん》とする。ネーチャンの言い分だと自分が出張生活に返り咲くのは、早くて五月の下旬だ。

「ちなみに私は体脂肪率十六パーセントですよ」

訊いてもいないのに教えてくれる。ネーチャンは着ていたTシャツの裾をペロッと持ち上げ「ほら」と腹筋を見せた。なるほど、いわゆるバキバキではないのだろうが、薄《う》っすら縦の線が入っている。女の人でも腹筋が割れるとは知らなかった。

「まあ有田さんがここまでになる必要はないですけど、三十五パーセントは多いですよね」

二度も言わなくていいって。ユカリはやけに沈んでしまって、こんな場所にわざわざ足を運んだ自分がほとほと憐れになった。スポーツジムだとこれが普通なのだろうか？　それともこの子がズケズケしてるだけ？　あるいは、単に私の器が小さすぎるのだろうか。

ユカリは思わず口走っていた。

「でもあんなにムキムキになるのはちょっと……」

「え？」とネーチャンは目を上げた。

「あんなにムキムキ？」

「さっきジムを回ったときに、すごくムキムキな人がいたじゃないですか。あの黄色いスポーツブラをつけてた人。あんなにバキバキになったら嫌だなあって」

ユカリは思ったことをありのままに述べた。断じて誰かを非難したり、侮蔑する意図はなかった。ただ純粋にダイエットをやりすぎた結果、ああなったら嫌だと思ったのだ。

ハッと鼻で笑われた。

「大丈夫ですよ、絶対になれませんから！」

ユカリの全身に目を走らせる。

「だって有田さん体脂肪率三十五パーセントでしょ？　ああなるには十パーセントくらいにならないといけませんから。大丈夫ですよ、絶対になれません」

ユカリは絶句してしまった。

「そうですね、心配いりませんよね……」

ネーチャンはあくまで笑顔をキープしていたが、隠しきれない憤りが惨む。何が何だかよくわからないが、身分不相応な発言をしてしまったらしい。

何か、スポーツジムって怖いな。

「……そうだ、伝え忘れていたんですけど」

ネーチャンは「何でしょう？」と応じた。

「わたし加藤忠の人間なんですよね」

「え、何チューですか？」

ユカリは再び絶句してしまった。この子、日本一の商社の名前を知らないのか？

「カトウチュウです。ここの会費がタダになると聞いて」

ネーチャンはウーンと唸ったあとに「少々お待ちください」と奥に消えた。そのまま三分間ばかり待たされながら、ユカリは次第に不安になってきた。もしや、また変な発言をしてしまっただろうか？　でも会社の福利厚生担当が、あそこは会費がタダになると請け合ってくれた。

ネーチャンが店長とともに戻ってきた。

「ベネフィットの会員番号はわかりますか？」

「え、ベネフィット……？」

何でも会社で契約している福利厚生サービスの会員番号が必要らしい。ベネフィットセブンというものらしかったが、ユカリは知らなかった。

「誠に申し訳ございませんが、でしたら一度ご確認のうえ、また後日お手続きさせていただけますかね……？」

わかりましたと答えるしかなかった。何か幸先が悪いな。そう思う反面、どこかホッとしながらさっさとジムを辞した。

日曜の繁華街はなかなか賑わっている。明日は月曜日、またまた本社に行かなければならない。いいや、出張禁止が解除されるまでずっと、行きつづけなければならない。雲間に月が出ていた。私はこれをサンフランシスコで見たかった。

＊

「ああ、ベネフィットセブンの会員番号ね」

週明け、ユカリは福利厚生担当を再訪した。ジムのことを教えてくれた河合《かわい》というジイサンである。

「ちょっと待っててねー、いま調べるから」

河合は快く対応してくれたが、ユカリは内心（気が利かねえな……）と思った。だったら最初からそうしておいてくれればいいのに。これだから本社の人間は好きになれない。

「最近ジムに行きはじめる人多いよねえ」

社内でもこの特典にあずかる人は少なからずいるという。この福利厚生担当に守秘意識は皆無のようだ。

「有田さんも、なに、ダイエットですか？」

ユカリはまたしても惨めな気持ちになった。いままで見た目に頓着しない性格だったが、そうも言ってられない。先のネーチャンの失笑を思い出すにつけ、自分の身体が異様に恥ずかしい。

「まあダイエットというか、運動不足だったので……」

「女の人はみんな痩せたいだろうからね」

河合はつと検索の手を止めた。

「ジムもいいけど、社内のテニスサークルに入ってみれば？」

「え、そんなサークルあるんですか……？」

ユカリは自社のそういったカルチャーにはもっぱら疎い。

「えー、あなた知らないの？　うちの会社でいちばん歴史の古いサークルだよ？」

ただいまメンバー募集中だという。何でも河合が顧問だそうだ。

「いや、わたし人とやるスポーツは駄目で」

一人でやるスポーツならできるかのような口調であるが、それは言葉の綾である。

「だったらランニング部なんかは？」

「いや、わたし人と走るのも駄目で」

ランニング部の幹事も務めているという。つくづく本社ベタ付きの人はド暇だ。

「まさか社内のサークルにひとつも入ってないの？」

「いちども入ったことないですね」

「あ！　有田さんってもしかして海外営業の人？　あーっ、あの海外営業の女の人か。すごい出張しまくってる人ね」

意図せず自分は有名人らしい。不在で有名になるとは皮肉だ。

「そうかー、そもそも会社にあんまりいないのかー」

そして、河合はこの矛盾に気づいてしまった。

「え、何で海外営業の人がジム通いするの？」

ユカリはいちばん痛いところを突かれ、もう立ち去りたくなった。しかし身バレした以上は潔く白状するしかない。

「実はわたし出張禁止になってしまって……」

体脂肪率のせいで……と続ける。何とも情けない話だ。

「へー、いまはそんなルールあるんだ」

万年本社組には周知されていないらしい。河合はどこか期待外れのような顔をした。

「何だ、おめでたい話かと思ったよ」


ようよう会員番号を入手したユカリはエレベーターに向かった。昨日に引き続き今日も「ダイエット」という単語と結びつけられてしまった。いまや自分がデブであることを事実として認めざるを得ない。

確かに日本に戻ると、皆が当然のように痩せていることに毎度ながら驚く。年のほとんどを海外で過ごし、多種多様な人に囲まれていると、自分がポッチャリ体型であることをともすると忘れる。ここに来てまざまざと突きつけられた思いだ。

エレベーターの前で、はたと立ち止まった。ここは四階で、自席は七階だ。そうだ、不本意ながらジムに通うのだから、これくらいは日常レベルで頑張ろう。ユカリはある種の刑罰のように感じながら階段のほうに向き直った。

そうしてのしのし上っていると、田島とすれ違った。ユカリの代わりにサンフランシスコ赴任を勝ち取った稀代のラッキーボーイだ。ユカリはこの三つ上の先輩社員がかねがね苦手である。軽く上がった息を殺しながら短く挨拶を交わし、五階と六階の間の踊り場で無様に行き違う。ユカリがデブだから出張できないことを田島は知っているのだろうか？　途端に自分を縁どるこの表面のことごとくが宇宙のように膨張する気がした。

近く、田島に引き継ぎをしなければならない。ユカリはゼエゼエ階段を上りながら、もしかすると田島はいつも当然のように階段を使っているのだろうかと考えた。

＊

ユカリは昔から海外志向が強かった。両親がともに地方の公務員（転勤なし）で、そのせいだろうか、未知の土地を転々とするあり方には子供のころから憧れを抱いていた。初めて海外に行ったのは大学生のときで、人びとが人びとに無関心に見えたことに奇妙に慰められた。自分はずっとここにいるべきだとすら感じ、そんな憧憬はいまも変わらない。

腹を決めたユカリは先のスポーツジムを再訪すると、今度こそ無事に入会した。

「ジムに通われるのが初めてでしたら、パーソナルトレーニングをお勧めします」

その日の受付は店長だった。ユカリは渡されたパンフレットを開いた。

「ベネフィットセブンの会員さまでしたら、こんなにお得にご案内できますよ」

もともと一人では心もとないので、パーソナルはやるつもりだった。スポーツジムを当てにしたのはやはりそれがデカい。ほら、パンフレットにもいちばん目立つところに「最短で結果を出す！」と書いてある。

しかし頻度はどうしよう。週一にするか週二にするか。初めてだったら週一ですら多いくらいだろうか？

「そういえば有田さんって加藤忠の方なんですよね？」

正面にいた店長が声を掛けてきた。

「いやー、すごいお仕事されてますねー」

ユカリはパンフレットから目を上げた。

「僕の高校の同級生にも加藤忠に行ったやつがいるんですけど、それはそれは優秀で。そいつがいつも忙しそうで、有田さんもそうですよね？　その上でトレーニングもされちゃうなんて、ホント尊敬しますよ」

そうだな、週二でやろう。私は「最短で」結果を出さねばならないし、これはもはや私個人の問題ではなく、社業にかかわる事案だ。ユカリは二十回分のパーソナルの回数券をクレジットで一括購入した。

「今週中でご都合のいい日はありますか？　ジムに早く慣れていただくためにも、なるべく近い日で予約されたほうがいいと思います」

ユカリは言われるがまま予約した。

「お仕事との両立、大変だと思いますが、一緒に頑張りましょう！」

前に来たときはスポーツジムに排他的な空気を感じたものだが、常識的かつ良心的な人もいるらしい。ユカリはそのことにいくらか励まされながら「それでは」と引き上げようとした。

「あれ、もうお帰りですか?」

ユカリは中腰のまま止まった。

「ジムは本日から利用できますよ。各種レンタル品も必要でしたらお申しつけください」

まだ心の準備ができていない。「今日は仕事が……」などと言い繕って、そそくさと帰った。

*

昼休み明け、高野《たかの》が声を掛けてきた。

「この社内の文化、どう思います?」

デスクトップを覗き込む。高野は二年前に入社したばかりの「営業見習い」で、まだ指導係と一緒に本社で勤務している。女同士だからと知らないうちに隣に配置されていた。

高野の指さしたのは、社内イントラの画面だ。社内のネット掲示板のようなサイトである。そこに「新着」と題して「ご結婚・お誕生おめでとう！」という投稿があった。

「ん？　これがどうかしたの？」

「いまの時代こういうのどうなのかなって……」

「ご結婚・お誕生おめでとう！」は、その月に結婚した人、および赤ちゃんの生まれた人が、それを写真つきで全社に公開する記事だ。何年入社の何部のダレダレさん（何歳）がダレダレさん（何歳）とご結婚されましたとか、何年入社の何部のダレダレさん（何歳）に何人目の男の子（ないし女の子）が生まれました（お名前○○○ちゃん）とか、そんな他愛ない身内ニュースにすぎない。これはユカリの入社当時から存在していて、今日まで綿々と続いていたようだが、さして気にしたことはなかった。

「こういうのはどこの会社にもあるんじゃない?」

「でも何かすごい昭和っぽいっていうか……」

まあ高野の言いたいことはわかる。もちろん全員が全員ではないだろうが、独身にはなかなかにグロテスクだ。たとえそれが本人の望む道だったとしても、生き方に再考を促してしまう。

「まあオメデタイことなんだから、別にいいんじゃないの?」

いまどきの子だなあと感心する。こうも包み隠さず意見を述べるのは、幼いのか逞しいのか。ユカリはザ・三十七歳の独身女なので、何やら同志だと思われているらしい。

「えー、でも何かそういうイズムというかドグマというか、プロパガンダみたいな感じしません?」

社会がそうなんだから仕方ないだろう。文句があるなら隣のオールドミスにぶつけるのではなく、政治家なり活動家なりに転身したらいい。

「そもそもこうやって自分のプライベートを晒《さら》す人って、どういう心理なんでしょうね。よく知らない人たちが結婚したとか親になったとか、そんなのどうでもいいのに」

加藤忠は従業員三万人規模だ。社内には「よく知らない人たち」のほうが多い。

「これを毎月楽しみにしてる人もいるんだよ」

たぶん、とユカリはつけ足した。

「いや、私もメデタイことなんで別にいいんですけど、そのアピール魂がナゾというか……うーん、これなぜか非表示にできないんですよね。他の投稿は迷惑メールみたいによけられるんですけど、これはなぜだかできない」

どれどれと顔を寄せてみると、確かにその投稿だけ特別仕様になっている。

「ホントだ、絶対に目に入るようになってるね」

「こういうところがイズムでドグマでプロパガンダなんです」

ユカリは思わず笑ってしまった。

「確かにこんなに『ご報告』されると、この人たちの上司になったみたいだ」

「ちなみにこれ毎月二十五日に更新されるんですけど、どうしてだかわかります?」

「二十五日だったら給料日?」

「そう、この『ご結婚・お誕生おめでとう!』は、給料日にあわせて公開されるんです」

高野は名探偵のように断じた。

「へえ、何で給料日なんだろうね」

「そりゃあ会社からデンと金を貰った日にこういうものを見させられると、人はそういう気持ちになりやすいんですよ」

曰く、そういう気持ちとは家庭を貴ぶ気持ち。既に家庭を持っている人は、これを見てもっと家族のために頑張ろうとなる。また、新たに家庭を持った、あるいは増やした人たちも、ここに載ればおのおの仕事へのモチベーションが上がるだろうし、何より周囲の協力、理解、応援を得やすくなる。そしてまだ家庭を持っていない人、すなわち自分や高野のような野良の者は(ああ、自分も早く家庭を持たなきゃ……)と、無意識にでも考えてしまう、らしい。

「それは考えすぎじゃない?」

「じゃあ何で二十五日なんですか? 一日だって月末だっていいじゃないですか。給料日は会社が最も従業員をマインドコントロールしやすい日です」

こんなほのぼの社内コーナーにそんな政治的意図などあるのだろうか? そんなわけないとは思いながらも、妙に引っかかった。

「じゃあ高野さんは結婚してもここには載せないの?」

「載せませんよ」と高野は即答した。

「仮にそういう機会があったとしても、私は絶対に載せません。マリッジハイなのか何なのかわかりませんけど、そういうのは仕事に関係ないと思うので。私は結婚指輪だってしませんよ。あれも過度なアピール魂でしかないと思うので」

こいつ友達いなそうだなあと思う。ユカリも一人もいないけど。一方で高野の同じだけ小心な部分が、ユカリには透けて見えた。この子は自分の前ではギャアギャアと威勢がいいが、あくまで相手を選んでいるのだ。私以外の人、それこそ「ご結婚・お誕生おめでとう!」で紹介されるような人が相手だったら、こうはあけすけになれまい。

「……それにしても赤ちゃんの名前が読めないよね」

ユカリは話題を変えるように言った。私たちがこの記事についてあれこれ批評しても、ただヒガんでるようにしか聞こえない。

「ね、めっちゃ読めないですよね」

「幼稚園の先生は大変だよね」

早く出張生活に戻りたい。やはり本社《ここ》にいるとどっちを向いても辛気くさい気持ちになる。いつも同じ場所で、同じ人と、同じような話をする。考えただけで気が遠くなる。

ユカリは改めて誓った。一刻も早くアンダー三十になろう。

＊

その晩、ユカリは人生初のパーソナルトレーニングを受けた。

たいへん驚いたことがある。

トレーナーが、あのネーチャンだったのだ。

「さっそく有田さんのメニューを作りましたよ」

意気揚々と「トレーニングメニュー」を渡される。何だ、てっきり受付のアルバイトかと思っていたら、トレーナーもする子だったのか。ユカリは先のカウンセリングでの苦手意識をほんのり蘇らせてしまった。

ネーチャンは白井《しらい》という名前だった。

「本日はマシンの使い方なども含めて、ざっと全部をやってみましょう」

白井の考案したメニューは以下の通りだ。月曜・脚、火曜・背中と腹、水曜・腕と肩、木曜・月曜に同じ、金曜・火曜に同じ、土曜・水曜に同じ、日曜・トレーニングオフ。テーマは「夏までに痩せたい運動経験ゼロの中年女性のダイエット」。有田さんは初心者なのでフリーウェイトではなくマシンが中心ですと、その辺の説明はあんまりわからなかったが、知らず背筋が伸びた。

「結果を出すためなら週六で来るって仰いましたよね？　うちは二十四時間営業なの

で、お仕事との調整はしやすいと思います」

確かにカウンセリングでそんな大胆発言をしてしまった。無論その気持ちはいまでも変わらないが、いざ休みが日曜しかないとなると、やはり不安になった。

「もし一日でも来れない日があったらマズいですか？」

「いえ、ぜんぜんそんなことはないです。もちろんいらっしゃるに越したことはないですけど、一日くらいなら平気です」

言いながら白井は金髪をかき上げ、ユカリの全身に目を走らせた。ユカリははっと緊張するとともに、またひとつ太ったような気がした。

「カウンセリングのときも申し上げましたけど、ダイエットでいちばん大事なのは食事です。忙しくてジムに来れなかったら、そのぶん食事を頑張ってみてください。食事もトレーニングの一環ですから」

そうしてその日は六十分まるまる、マシン巡りに終始した。ユカリのメニューにあるマシンの数は、ざっと十種類だ。

「これって何のマシンなんですか？」

通りすがりのどう使うのか想像できないマシンの前で、思わず訊《たず》ねてみた。

「それは上腕二頭筋を鍛えるマシンです」

上腕二頭筋とは力こぶのことらしい。白井はその前を素通りした。

「私はやらなくていいんですか？」

「ええ、女性は鍛えなくていい部位ですから」

筋肉にそんな住み分けあるの……？　ユカリにはよくわからなかったが、明確に区別されているらしい。「女性らしいボディメイク」においてその「メリハリ」は「ちょー重要」だそうだ。

「とにかく女性はお尻です、お尻。女性らしい丸みのあるモモ尻を目指しましょう」

何事にも型ってあるのだなあ。ユカリはまたぞろ不安になってきた。私は別にボディメイクとかどうでもいい。それより最短で体脂肪率を落とすことのほうが大事だ。しかしデブの自分があーだこーだと注文をつけても、また笑われる気がする。

筋トレ自体はかなりキツかった。長年の運動不足ここに極まれり。ユカリの記念すべき一種目目は、レッグプレスというやつだった。両脚で重りのついた板を向こう側に押す、脚の「基本種目」らしい。十回一セットの一セット目で、もう家に帰りたくなった。

しかしそのセットのあとにユカリは知ることになる。このパーソナルトレーニング
という営為の中で、何がいちばん大変なのか。

「有田さんってご出身はどちらですか?」

筋トレにはセットとセットの間にインターバルという小休止が設けられる。そこで
息を整えたり水を飲んだりするのだ。

「あ……出身は……埼玉です」

まだ少し息が上がっていた。

「なるほど、サイタマですか……」

何とも言えない沈黙が流れ、タイマーがピピピと鳴る。インターバルは「初心者な
ら一分間」で、きっかり六十秒だ。

再びフンフンと頑張ったあとに、ユカリはインタビューされた。

「何かペットは飼われてます?」

次第に気づきはじめた。もしやパーソナルって気さくなトークと切っても切れないのでは？

「いえ、何も飼ってないです」

「へえ、なるほどですね……」

タイマーがピピピと鳴る。再びフンフンと十回やって、次のマシンに移った。

二人はことごとく無言だった。さも私語厳禁を課された学生のように縦隊で進む。いやいや、そんなの気にすることないだろ。自分はお客様だ。しかしそうと割り切りつつも、さしあたって気まずいのは事実だった。ユカリは、あ、パーソナルって受けるほうもコミュ力いるのだなと今更のように悟った。

道中、別のパーソナルのコンビを見かけた。二人は常連の間柄なのか、ワハハと楽しそうだ。

次の種目はレッグエクステンションだった。脚の前側を鍛えるマシンだ。動作に意識を集中する傍ら、来《きた》るトークタイムに気が重くなる。海外スキスキおばさんである割に、雑談が苦手だ。営業職だったり出張リーマンだったりすると、ときに外向的だと思われがちだが、ユカリは真逆もいいところだ。

「何かご趣味ってありますか?」

考えてみれば、これが美容院だったりマッサージ店だったりしたら、雑誌に読みふけったりウトウトしたり、そんな工作も図れようが、パーソナルだとそうもいかない。スポーツ選手のヒーローインタビューばりにゼエゼエ受け答えることになる。

「あ、趣味はですね……いやあ、そうですねえ……」

そこ考え込むところじゃないだろ。三十七にもなってこの定番クエスチョンに答えられない自分に甚《はなは》だ恐れ入る。率直に言うとユカリは仕事一辺倒で「趣味」と呼べる優雅なものはない。英語だとウォーキングとかクッキングとか、それっぽい返事をパッとできてしまうが、なぜだか母国語だと実直になる。

「そうですねえ、これといったものは……」

咄嗟に海外旅行! と答えようとするも、それはイタいような気がした。若い時分だったらまだいいだろうが、四十に迫る自分が言うと、未だ地に足のついていない徘徊者にしか聞こえない。

「そうですよねー、お仕事が忙しいですよねー……」

ユカリは半ば縋るようにタイマーを見た。ようやく残り十秒である。冷静になれば、筋トレ自体よりインターバルの時間のほうが長い。この罰ゲームにも等しい気まずいQ&Aを、あと何回繰り返せばいいのだろう。

「そうだ、お仕事はどんなことをされてるんですか?」

ユカリは(そうきたか……)と渋った。

「……いろいろな案件の営業をやってます」

「いろいろな案件って何です?」

ユカリはいっとき迷ったのちに、ありのままに言うことにした。

「XXXXっていう化学物質の販路を開拓したり、YYYYっていう添加剤の工場を作ったり」

「へ、へえー……」

心の中で(ごめん)と謝った。人の仕事の話ってマジでつまらないよな。もっとキラキラした内容だったらよかったのだろうが、ユカリのそれはマニアックもマニアックで、コメントのしようがない。

ユカリは天啓ように悟った。

回数券を、買いすぎたかもしれない。

「そうだ、ご兄弟はいらっしゃいますか？」

なあ、白井さん、もういいよ。あなたもやってられないだろ。あるいはそう指導されているのかもしれないが、もう不毛なやりとりはよそう。自分でもバカバカしいとは思いながら、ユカリはトレーナーとのコミュニケーションに、あるいは筋トレそのもの以上に疲弊してしまった。次回以降もこのギャルと緊密な六十分を過ごすのだと思うと、どうしても気力が削がれた。

ワハハとお隣のパーソナルの声が聞こえてくる。ユカリは痒くもない額を掻きながら、いっそインターバル抜きで立て続けにトレーニングしたほうがマシかもしれんとすら思った。

＊

サンフランシスコ赴任のあれこれにつき、田島に引き継ぎをした。

「聞いたよ、そろそろ身を固めるんだって？」

田島は開口一番に意外なことを言った。身を固めるって、何だっけ。ああ所帯を持つという意味かと理解すると、ますますわからなくなった。

「え、私が、ですか？」

「あれ、俺は部長からそう聞いたよ？　有田は一身上の都合で出張できなくなったって」

「一身上の都合」からの「身を固める」には大幅な飛躍があるように思うが、部長は体脂肪率云々ではなく、そのように濁したらしい。乙女心に対する配慮、だろうか。

「まあ有田もそろそろいい歳だし、ギリセーフじゃないの？」

勘違いもいいところだったが「いえ違います、真相は私がデブだからです」と激白するのも憚《はばか》られたので、そのまま流した。

「じゃあAケミカルが来るのは六月なんだね？」

「ええ、先方のプロマネが常駐すると聞いてます」

引き継ぎは順調に進んだ。ユカリは事前に送った資料のひとつひとつに説明を加えた。ああ、華のサンフランシスコや。よりによってこいつにピンチヒッターを頼むなんて。

「いやー、アメリカは久しぶりだな。物価高がすごいんだろうな」

田島は長身痩軀のモデルのような人だ。マラソンだったかトライアスロンだったか、そんな趣味もあるらしい。出張先でもレースに参加したり、大胆な連休をとったりするから、どっちが本業なんだとよく仲間たちに茶化されている。そんなスポーツマンだったら健康診断の結果に引っかかることもないのだろう。

「支店はダウンタウンだよね？」

「いえ、ちょっと外れたところにあります。中心地から車で三十分くらい」

それに比べて、自分は。仕事にかまけてブクブク太り、重すぎて飛べない鳥になってしまった。ユカリは発作のように自信喪失するのを感じながら、ボヨボヨと説明を続けた。

先の部長の言葉を思い出したのは、そんなときである。まあさ、有田もずっとバタバタしてたから、その、ここは何だろう、ちょっと人生を見直してみてもいいんじゃない？　あのときはあえて聞き流したが、いまになって蘇る。

「けっこう日本人いるの？」

「うーん、昔ほどじゃないですよ」

人生を見直すって、何だろう。部長はもしも同じ状況だったら、他の人にも同じように言っただろうか。部長はユカリを「婚期」を逃した憐れな女だと考えている。聞き流したのは部長のそんな真意が垣間見えたからだ。

「宿舎はどんな感じなの？」

「あ、宿舎は前のやつはなくなっちゃって、ホテル滞在になると思います」

これだから本社は嫌いだ。コンプラだモラハラだ何だと言って、社風などは十年一日、未来永劫変わらない。早く海外にトンズラしたいなあ！　もうそればかり考えている。

「そうだ、運転手はつくのかな？」

「あー、いまはつかないです。前はつけてもらえたんですけどね」

田島は何やら生活面の質問に終始し、肝心の業務面はなるほどなるほどと頷くばかりだった。おいおい、そんなんで大丈夫なのかよ。この人は万事をノリで処理しようとする。せいぜい私が復帰するまで、お好きに頑張ってほしい。

「いやー、遂に有田も結婚か。有田ってピョンピョン世界を飛び回ってるイメージだからさあ」

本人の口から何も語られていないにもかかわらず、何の疑いも挟まないのが見事だった。

「じゃ、めでたい話を期待してるよ」

頑張ってね、と田島が立ち上がると、ユカリは「お時間ありがとうございます」と応じながら、その思いがけない表情のニュアンスに目を瞠《みは》ることになった。弥勒菩薩のような優しい笑みを浮かべていたのだ。

人間ってホントに色恋の話に目がないよなあ。知らず鳥肌が立った。誰と誰がくっついたーとか、誰と誰が別れたーとか、どいつもこいつもそんなことにしか興味を抱けないのだろうか。ユカリは一人になるとガシガシとホワイトボードを消しにかかった。

頑張ってね、頑張ってね、頑張ってね。ユカリはギョッと自らの表情に気づいた。何て気持ち悪いのだろう、一人でニヤニヤと笑っていたのだ。だけど正直なところ勘違いしてもらって、ちょっと嬉しかった。ずっとゼロプライベートな腫れ物だと思われていたから、嘘でも「知られざる一面」をチラつかせられたことに、ちょっと、得意になった。

前に、家庭を持つと周囲から応援されやすいと、高野とそんな話をした。あるいはそれは真実なのかもしれない。人は相手が「つがっている」と、そうでないよりは心を許し、優しい気持ちになるのかもしれない。

田島は「独身いじり」がすさまじい。ユカリは入社以来、どうしてもこのカルチャーに馴染むことができない。

部署の「独身いじり」はなぜだか相撲のオマージュだった。独身のうちの年長の者から横綱、大関、関脇、小結となり、入社直後のユカリは年齢的に「幕内力士」になることは（まだ）なかったが、例えばそれまで「大関」だった者が晴れて結婚すると「関脇」だった者が「はい大関昇進おめでとう〜」と田島たちにいじられる。課長も部長もこぞってそうする。ユカリは何やら恐怖にも似た驚きを覚え、会社って未開のジャングルのようだなとつくづく思った。

いよ！　最年少大関！　このままだと横綱になっちゃうぞ！　本社にいると、ユカリはしょっちゅう耳を塞ぎたい気持ちになった。入社時は、大きな会社だったらコンプライアンス意識が行き届いているから、時代錯誤な発言をする人はいないと思っていたが、実際はその逆も逆も逆も逆で、大所帯だとむしろ悪い意味での多様性に富むので「いじり」は後を絶たない。

ユカリが「幕内力士」になったのはいつのことだろう。ハッキリと時期を特定できないのは、それこそユカリが「ピョンピョン」していて本社に寄りつかなかったからだが、実際は不在が原因というより、幸か不幸か、この伝統の「独身いじり」がユカリには牙を剝かず、それまで関脇だ〜小結だ〜とギャアギャア騒いでいた連中が、ユカリが入幕するなり間髪を入れず鳴りをひそめたからだ。いじり部隊にすれば「オトコの独身いじり」はノビノビと敢行できるが、ユカリだと（これは笑えない……）とのセンサーが反応するらしい。

しかし「いじり」自体は壊滅しておらず、いまも行われている。ユカリは贅沢な悩みだとはつくづく痛み入りながら「気を遣われている」ことに却ってこたえた。そんなにオンナの独身ってマズい状態なのだろうか……？　オトコだったらガハハと笑い飛ばすのに、私だとどうしてヴォルデモート卿のように言ってはならないことになってしまうのだろう。これだったら公にいじられたほうがまだマシだとすら思った。

恐らく、いまのユカリはトップ力士だ。休場続きの名横綱だと思う。彼らにすると「いじりづらく」早く「勇退」してほしい。田島の見せた先ほどの穏やかな表情は、それを如実に物語っていた。どれだけ時代が進んでも意識が変わっても、こればっかりは変わらないのだろう。独身女は憐れなのだ。独身女は可哀想なのだ。

そんなどうしようもない居心地の悪さを普段は忘れている。そんなのは世にありふれた葛藤であって、いまさら自分が悩むことじゃない。海外だと相手の婚姻状態なんてさして気にしないから、本社を離れている限りは、そんな村社会のことはきれいに忘れていた。

なのに、もう七日間も本社にいる。七日間って長くないか？　やはり本社にいると村に押されて、自分は自分と割り切ることの限界が見えてくる。私は実際、自分で信じているほど強い人間じゃないのだ。ユカリはガチャンと会議室を施錠すると、ひたひたと執務室に戻った。前のパーソナルの筋肉痛がまだ抜けず、ひとり顔をしかめる。途中の中庭で頭上を仰ぎ、切れかかった薄い飛行機雲を眺めた。

家庭を持ちたいと思ったことがない。結婚したいと思ったこともない。人はそんな自分を笑うのだろうが、ユカリはいわばそういう「性癖」だった。本当は「性癖」とか言いたくないが、そうじゃないと伝わらないだろう。この世には恋愛、性愛、セックスその他に、限りなく興味を持たない人たちがいる。

海外《そと》にいるとそんな自分と、難なく共存できる。が、こうして一つ所で会社員などをしていると、どうしても世の村人たちが変人に内省を促す。いらないものをいらないと主張していいのは、それにアクセスできる人間だけだ。私の「いらない」は「強がり」や「僻み」ではなく、真の「いらない」なのだけれど、果たして持たざる側の者が、どれだけの説得力をカマせるというのか。

今日から夕飯はスープだけにしよう。とことん食事を頑張ろう。ずっとこんな狭いところにいるとウツになってしまいそうだ。逃げている自覚ならあった。私は出張を言い訳にして社会から逃げている。私は独り身だから忙しく出張できる。独り身だから忙しく出張したい。いつしか出張ジャンキーになっていた。

＊

前回のパーソナルのあとになって気づいた。自分がこうも口下手ならば、相手に喋ってもらえばいいのでは？　そうだ、訊かれる前にこちらから訊いて、私はリスナーに徹しよう。

「白井さんはどちらのご出身なんですか？」

作戦はなかなかに功を奏した。奈良県です！　と溌溂とした返事がすぐに返ってくる。ユカリは、へえ、奈良の大仏ですね、などと、パッとしないリアクションに終始したが、白井はラジオ番組のＤＪのように話を展開してくれる。どんどん語り尽くしてほしい。

二回目のパーソナルは背中と腹だった。初回の苦手意識からつい間が空いてしまったが、本社の閉塞感を思うとそうも言ってられない。ときに白井に補助してもらいながら、着々とメニューをこなした。

インターバル中、ユカリは次々と白井の個人情報を暴いた。が、そのどれもが記憶に残らず、ハッキリ言って興味がなかったからだ。会話のための会話であって、雑談のための雑談である。確かに自分で喋るよりはラクなのだろうが、興味もないのに問いつづけるのも疲れる。どうして自分は他人に必要最低限の興味関心も抱けない人間なのだろう。ユカリはいつにない虚無感に襲われ、ぜんぜん違う「パーソナルトレーニング」になっている気がした。

「そうだ、あれ乗りましょう」

パーソナルの後、白井は初日に乗った体組成計を指さした。ジムに来るたび視界には入っていたが、現状を知るのが怖く、今日まで測定していなかった。

「すごい！　二パーセントも減ってるじゃないですか！」

果たして、ユカリは減量していた。二人で体組成計から吐き出されたA4の紙をまじまじと見つめる。約二週間でマイナス二パーセント、体脂肪量だとマイナス一・五キロだ。え、それってすごくないか？　言ってしまえば牛脂一五〇〇グラム分である。

「確かに有田さん顔がシュッとしてきましたもん」

「え、そうですかね？」

白井曰く、普段から運動していない人のほうが、通いはじめでドドンと痩せるという。

「痩せるとだいたいお腹まわりと、身体の末端からシュッとしてくるんです。顔も身体の末端ですから」

ユカリは小さな達成感に包まれた。あと三パーセントを落とすのだから、まだまだ先は長いけれど、ダイエットって思っていたより苦しくない。食生活も変えたことといえば、朝昼晩を自炊することと、夕飯を汁物だけにすることと、あとは間食は控えることくらいだ。

「このままいけばあと一か月くらいですかね？」

ユカリは前のめりに訊ねた。一か月後は五月の第一週で、当初は五月の下旬と思っていたから、嬉しくてしょうがない。

「まあ停滞期に入る可能性もありますけど、このペースでいけばそうだと思いますよ」

冷静になると、減量がスムーズなのはユカリの生活リズムがいつになく規則正しいせいかもしれない。出張禁止を言い渡されてからこの半月というもの、一度も時差ボケに悩まされておらず、きまった時間にぐっすり眠れ、きまった時間にばっちり起きる。そんなのはここ十ウン年で初めてのことだ。加え本社にいると会食もない。意識すれば外食もしない。あるいは、わざわざスポーツジムなどに通わずとも、体重は落ちていたかもしれない。

「そうだ、体脂肪率カップにエントリーしませんか？」

白井は壁に貼られたポスターを指さした。

「毎年恒例のイベントなんです」

同カップは決められた期間で最も体脂肪率を落とした者が「優勝」するらしい。期間は四月一日から五月末まで、なるべく早くエントリーしたほうが「有利」とのことだ。

「入賞すると、ほら、テレビとかケトルとか、いろいろな景品がもらえますよ」

ユカリはまったく気が進まなかった。どうして自分の最も恥ずべき数字をわざわざ公開しなければならないのだろう。

「ちょっと考えておきます」

「え、やらないんですか？　有田さんにうってつけの企画なのに！」

参加するだけならタダですよ、とゴリ押しされる。ダイエット企画が「うってつけ」の自分……減量を喜んだのも束の間、ひっそり傷ついてしまった。

「でもこういうのは何というか、競争するものじゃないし……」

ユカリは「考えておきます」と繰り返した。それで察しておくれよ。やっぱりこのパーソナルトレーナーとはどうにもウマが合わない。

＊

「どうよ、その、健康増進は？」

ユカリは部長に呼び出された。健康増進とオブラートに包まれてはいるが、要は痩せられそうかという意味だ。

「先月からジムに行ってます」

満を持して発表した。

「お、いいじゃんいいじゃん」

ついでにあと三パーセントであることも伝える。グラムにすると二〇〇〇とプラスアルファだが、それは言わなかった。

「流石、有田はやることが早いね。確かに最近顔が小さくなったよ」

部長の用件はそんなおべんちゃらではなかった。曰く、やっぱりサンフランシスコには有田に行ってほしい。ユカリは武者震いした。

「田島はちょっと外すことになってね……」

「行きます、絶対に行けるようにします」

ユカリは（やはりな……）と思った。やはりあのチャランポランでは大事なプロジェクトに暗雲が漂うのだ。いくら健康体でもスタイル抜群でも、仕事がデキなかったら意味がない。

「最短でいつから行ける？」

昨晩のジムでの会話を思い出す。

「五月の第一週です」

このままいけば、と白井には条件をつけられたが、ユカリには自信があった。自信も何もやるしかない。

「だったらそのころにもういちど健康診断を受けてもらって、ビザの手配も進めよう」

今日は四月の四日だ。ユカリは新たな出張が決まったときのお馴染みの高揚感に包まれた。そうとなったらよりいっそうダイエットに力を入れて、何としてでも渡航する。

「……でもさ、有田自身はさ、本当にそれでいいの？」

部長が途端に声を落とした。ユカリは冷や水を浴びたように感じながら、その目許をいっとき見つめ、そしてすぐに逸らせた。本当にそれでいいのって、何のことだろう。先の引き継ぎのことを思い出した。曰く「一身上の都合」。それは部長独自の表現らしく、それに続く「身を固める」云々も、部長のニュアンスだったかのような発言だった。

「いや、そのさ、いつも急に出張が決まっちゃうけど、その、プライベートのほうは大丈夫なの？　せっかく日本でゆっくりできるいい機会だったからさ……」

部長は立場的にはユカリを派遣したいが、心情的には必ずしもそうじゃないらしい。

ユカリは限りなくうんざりした。

「プライベートって何ですか？」

豪胆に吹っかけてみる。この腐りきった本社にいるのも、あと一か月の話だ。ついさっき決まったそんな辞令がユカリを大胆にしていた。

「いやさ、その、プライベートっていうのは……」

もうここはハッキリ言ってしまったらどうだ？　有田、お前は独身のままでいいのかと。部長も伝家の「独身いじり」のグランドマスターである。潜在意識で独身女イコール無上に不幸と連想あそばすのだ。

「いやさ、プライベートっていうのはそれぞれの家庭の事情のことだよ。それこそ、ほら、今回の田島なんかもさ、最初は家族帯同で行く気マンマンだったけど、何でもお子さんのインターナショナルスクールが見つからなかったみたいで……」

イ、インターナショナルスクール？　ユカリは不意打ちを食らった。
「もともと行く予定だったインターナショナルスクールが突然募集を締め切ったみたいで。サンフランシスコだったら探せばどこかしらはありそうなものだけどね……」

ご子息の教育環境を考えた結果、家族帯同は見送られることになったらしい。で、じゃあ振り出しに戻って、有田だなとなった。

何だ、そういうことだったのか。一気に興が冷めた。

「まあお子さんのことだったらしょうがないよね。で、有田にももしそういう事情があるなら、遠慮せずに言ってほしいわけ」

「単身赴任じゃ駄目なんですか？」

ユカリは知らず口走っていた。

「田島さんが単身赴任で渡航するのは駄目なんですか？」

部長は数秒、ユカリをゴキブリであるかのように見つめた。

「いやいや、それは田島自身が決めることだから」

とんでもないとばかりに手を振る。

「俺からは何も言えないよ。それは田島とご家族の方が決めること。え、何も田島を特別扱いしてるわけじゃないよ？　部下のプライベートは皆平等。もちろん有田のフットワークにはすごく感謝してるんだけど、そのさ、もう会社に人生を捧げる時代じゃないからさ」

こいつは詰まるところ私に何を求めてるんだろう？　否、それ以上に私自身は何をどうしてほしいのだろう？　田島からサンフランシスコ赴任を奪還したというのに、自分がそのピンチヒッターになることには強い受け入れ難さを覚えた。どうしてこの「可哀想な」独身女の私が「独身いじり」大魔神の田島を助けなければならないのだろう。

「だからね、もしも有田にもそういう事情があるなら、遠慮せずに言ってほしいわけ。俺もこんなにコキ使っていいのかなあって、思うところはあるんだよね」

俺のせいで女の部下が「婚期を逃したら」困るのだろう。ごめん、私は何も「遠慮」していないよ。あなた方の「配慮」したい「プライベート」も何ひとつないよ。たったそれだけの意思疎通が、どうしていちいち質《ただ》される。

「じゃあさっきの予定で進めますね」

ユカリは何も聞かなかったことにしながら会議室を辞した。歩きながら早速病院に電話した。

*

水曜、ユカリはようやく空いたショルダープレスのシートにひっそり腰かけた。

「すみません、ちょっとマシンの下を見させてもらえます？」

突如、白井が声を掛けてきた。何やら差し迫った口調で、ユカリが返事する前に床に這いつくばった。

「どう、見つかりそう？」

「いやあ、見あたらないですね」

店長が傍らに来ていた。その隣には一組のカップルがいた。

「もーっ、どんだけ馬鹿なんだよ！」

女性のほうがブチ切れている。ユカリはシートに座ったまま売れ残ったぬいぐるみのように呆然と佇んだ。と言うのも、その女性の出で立ちがとてもお洒落だったからだ。これからパーティーに出向くかのようなドレス姿で、少なくともジムで運動する人の格好ではない。

「何でわざわざ外すんだよ！」

「いや、だってこれ持ってごらんよ。指輪してたらちゃんと握りこめないだろ？」

どうやら旦那さんが結婚指輪を紛失したらしい。旦那さんは洗いざらしのタンクトップと、典型的なトレーニー装束だ。

「ここにはないみたいですね……」

白井がスマホのライトを頼みながら探索を続ける。

「あんた他に何のトレーニングをしたの？」

「えーっと、アレとアレとアレと、アレとアレとアレとアレと……」

ユカリは非常に嫌な予感がした。その「アレ」が自分がいまからやろうとしていた種目とダダかぶりしてる気がしてならない。もしやこのタンクトップも今日は腕と肩の日だったのだろうか？

「うーん、ここにもありませんね」

「もしかするとロッカーかな？　俺ちょっと見てくるわ」

店長はロッカーへ駆け出す前に、ユカリの存在に気づいた。

「あの、お客さま、たいへん申し訳ないのですが、いまだけ別の場所にご移動いただけませんかね？」

ユカリは「あ、はい」と立ち上がった。スタッフが一人また一人とここに集まってくる。

「もー、マジで勘弁してよ。あれ世界にひとつしかないんだよ？」

「大丈夫だって、すぐに見つかるって」

夫婦はユカリが場所を空けたことを些かも気にしていなかった。「すみません」のひと言くらいはあるのだろうと思い、あわよくば「あ、それには及びませんよ」と引き止めてくれることを期待したが、世の中そんなに甘くなかった。

「何でよりによって今日なくすの？」

奥さんの怒りは計り知れない。

「これから祝賀会なのに、私だけつけてくの?」

「んー、その辺にあるんじゃない?」

タンクトップはもう行動で誠意を示すしかないのか、ペタペタとショルダープレスの座面を調べはじめた。クッションとクッションの間にも指を差し入れ、そのまま解体しかねない勢いだ。そこ、まだ温かいだろ。まだ私の体温が宿っているだろ。ユカリはどうにも納得できずにその場に立ち続けた。

しかし、まあ仕方ないか。

ぽっちゃりオバサンのユルユル筋トレと、麗しきご夫婦の「世界にひとつしかない」結婚指輪なら、全人類が後者を優先することに満場一致だ。

「ちょっと別のところも見てきます」

白井が二足歩行に戻った。

「あれ、有田さんまだそこにいたんですか?」

ユカリはおずおずと口を開いた。曲がりなりにもパーソナルの間柄なら、親身になってくれるかもしれない。

「あの、今日は腕と肩の日なんですよね」

白井は膝についた埃《ほこり》を払った。

「あれですかね、今日は腕と肩のマシンは使えない感……」

「ええ、使えない感じですね」

白井はユカリにかぶせた。

「今日は別の種目をやってもらえますか？　ほら、あっちにもいろいろありますから」

「でも曜日ごとの……」

「そんなのはテキトーでいいですから。有田さんはただのダイエットなんで。それより結婚指輪を探さないと……すみません、そこを通りますね」

白井はズンズンと次の捜索地へ向かった。スタッフたちはいよいよ見つからないとなったらマシンを移動させる案まで検討している。

世の中って、やっぱり厳しい。

太っていると実害が出るのは、何も出張だけではなかった。

これは後にわかったことだが、あのタンクトップはインフルエンサーだった。谷本《たにもと》何某というフィットネス界の「風雲児」だそうだ。ＶＩＰ対応なのはそうした次第で、ジムの広告塔もしていた。

夫婦はなおもあーだこーだと言い合っている。ユカリは漫然とその様子を眺めながら、指輪ひとつにそんな大騒ぎすることだろうか……と怪訝な気持ちになった。また買えばいい話じゃねえの……？　しかしこれは断じて自分が主張してはならないことだった。持たざる者に真価は語れまい。

＊

週末、ユカリは駅前に出た。普段だったらバスを使うが、四十分の道のりを徒歩で来た。

目的は整体通いだ。ユカリはけっこう肩凝りが酷く、出張先でもたびたび整体の世話になっている。前にいちどだけ行った雑居ビルにある店を午前に予約していた。

整体にはユカリの来院記録が残っていたらしい。整体師は「お?」というような顔をした。

「かなり久々のご来院ですが、何かありましたか?」

「いえ、出張でこっちにいなかっただけで」

「えええ、ご出張っ?」

ユカリは深く同情されてしまった。

「え、半年間もご自宅を離れてたんですか? それはそれはそれは……いやあ、それは大変でしたね。出張とか転勤のあるお仕事ってホントに大変。そういうのリモートで何とかならないんですかね……」

整体師は通夜の席のようにしんみりしてしまった。ユカリは何だか悪いことをした気分になった。

「もしかしてまた出張に行かれるんですか?」

ユカリは少し迷ったあとに「行きます」と答えた。うつ伏せの状態で声がくぐもった。

「えええ、また行かれるんですかっ?」

世間では「出張とか転勤」が親の仇のように嫌われるが、ユカリにはその疎まれっぷりが我がことのように悲しい。たぶんユカリが男性だったら「へえ」くらいのリアクションなのかもしれないが、女が長期にホームにいないと依然として驚く人もいる。

「期間はどれくらいなんです?」

「たぶん一年くらいです」

えええっと、整体師の力が少し弱まった。ユカリはありのままに返事したことを薄っすら後悔した。そもそも美容院にしろ整体にしろ、サービス提供者とあまり話したくない。半分は自分が話し下手だからだが、もう半分は施術に集中してほしいからだ。

「あ、もしかして旦那さんの転勤ですか? 一緒について行く感じ?」

「いえ、私一人の転勤」

整体師は息を呑んだ。

「それはそれはそれは……」

ユカリは素朴に不思議だった。どうして「すごいですね」とは言ってくれないのだろう。会社から辞令を受けて他所の土地で働くって、考えてみればすごいことでは？会社でもこの雑居ビルの四階でも、賞賛される代わりにえらい同情されてしまう。

「一日でも早く帰ってこれるといいですね。そうなることを心よりお祈りいたします」

出征する前日かよ。今度は別の店にしようと決めた。整体師の反応に引っかかったというより、人の好意をこんな風にしか受け止められない自分がほとほと嫌になった。

「ちなみにどちらに行かれるんですか？」

私は出張を愛している。愛を公にできないのって、辛いな。ユカリはある衝動を覚え、衝動のままに普段はしないことをした。

「……前橋です」

パッと思いついただけの地名だ。果たして、整体師の顔が輝いた。

「あ、前橋なんです？」

近いじゃないですかーと笑う。

「だったらまだマシですね。すぐ戻ってこれるじゃないですか」

考えてみればこんな場末の整体で、バカ正直に質疑応答する必要はない。街の整体なんてその場限り、テキトーに嘘をつけばいいのだ。本当は嘘は好きじゃないし、ズルいことだとも思う。だけどそのほうがお互いにハッピーになるのだ。

＊

夜、三回目のパーソナルを前にユカリは気が重かった。いつものトーク云々もあるが、先の白井が冷たすぎたからだ。

それでも例によって開始五分前にはばっちりスタンバイした。私は真面目だけが取り柄の重量オーバーした牛。そうしてふと自販機の前に、キラリと光るものを見つけた。

はじめ、それを小銭だと思った。百円玉か何かだろう。人間の性《さが》で拾い上げようとしたとき、指輪であることに気づいた。

「有田さん、お待たせしました！」

ぎょっと白井の声に振り返る。

「あれ、どうされましたか？」

ユカリは凝然と固まっていた。

「もしかしてご気分が悪いですか？」

「あ、いえ、何も」

心臓が痛いほど脈打っている。普段はまったく指輪をしない。指輪どころかアクセサリーの類も何ひとつしない。あるいは人生で初めてつけたそれが、これだったかもしれない。

指が、ヒヤリと冷たい。

どういうわけか、左手の所定の位置に、それが移動していた。

「あれっ、有田さんってご結婚されてたんですか？」

白井が電光石火で気づいた。何もこれ見よがしに晒していたわけでもないのに、光りモノに敏感なカラスのようだ。

「いままで結婚指輪されてませんでしたよね？」

一気に心拍数が上がった。どうしよう、これは間違いなんですと言おうか。いやそしたら着用している自分があまりに不気味すぎる。

「あ、はい、そうです」と、咄嗟に答えてしまった。

「前まで運動するからロッカーに置いてたんですよ。でも皆さん普通にアクセサリーをされてて……」

自分の返事に呆然とする。何てスラスラと嘘をついているのだろう。それはほとんどアドリブで発言されて、ＡＩのように淀みなかった。

「なんだー、だったら早くそう仰ってくれればよかったのに！」

白井の顔にゾッとおののく。思ってもみない優しい表情をしていたのだ。前に田島に向けられた柔和な表情がまざまざと思い出された。

「いままでおひとりさまなのかと思ってその話題は避けてたんですよー」

そんな配慮をされていたとは。冷静になれば、白井は白井でユカリとのパーソナルにやりづらさを感じていたのかもしれない。

「ご主人は何をやってる方なんですか?」

白井はいままでより明らかにユカリに興味を示していた。

「……主人はね、同じ仕事をしてますよ」

再び平然と嘘をついた。これはもう、合わせるしかないだろう。

「え、社内結婚ってことですか?」

「ええ、まあそうですね」

「えー、超ステキですねーっ」

二人は背筋のマシンの前に来た。頭上のバーを胸元に寄せるラットプルダウンと呼ばれるものだ。ユカリはどぎまぎしながら背伸びしてバーを摑もうとした。

カツン、といつにない音がした。指輪がバーに当たった。いま指輪の合金とバーのメッキがカツンと互いに触れ合った。ただそれだけのことなのに、ユカリは恍惚《こうこつ》とした。もういちど、握り直す風の動作で、カチカチと鳴らしてみる。指輪ってこんなに冷たいのだな。ユカリはその金物《かなもの》を見上げた。そうか、これは私の知らなかった体感だ。自分がそれを知らないということすら知らなかった、幸せな人の体感だ。

「指輪は外したほうがいいですかね？」

いきなり我に返った。こんな既婚者ごっこに興じている自分が急に恥ずかしくなる。

「あ、そうですね、大切なものですから。そうだ、私がお預かりしますよ」

白井が両手で受け取る構えになる。ユカリは「あ、自分で持ってます」と慌てて自分のポケットに収めた。白井は特に不審がることなく「そのまま洗濯しないでくださいねー」などと微笑んだ。

「どんなご主人なんですか？」

最初のインターバルに入るなり訊かれた。前回までの空虚な会話が嘘だったかのようだ。

「えー、つまらない人ですよ」

ユカリはあまりに自然に応じた。ついでにあまりに臨機応変に苦笑の表情も作った。

「休みの日も特にこれといったことはしてなくて、家事して整体に行って外で食べて、いつもそんな感じ」

「えー、そういうのがいちばんステキです」

白井が大きく笑った。前歯の隣がいまどき珍しい銀歯であることをユカリは初めて知った。ステキだ、と思った。銀歯もそうだし、こうして血の通ったトークをするのは、とてもステキなことだ。

「ご主人もお仕事が忙しいって感じですかね?」

「そうですね、休み自体があんまりないかも」

これも長年の営業仕事の賜物なのか、自分は稀代の詐欺師だったらしい。ユカリは自分の演技の鮮やかさに拍手喝采を送りたかった。

「有田さんがジムに通われはじめて、ご主人は何も言いませんでした?」

ピピピとインターバル終了を告げるタイマーが鳴る。すごい、もうまるまる一分話したのに、まだ話し足りない! ユカリは悠然とバーを摑んだ。

「いえ、特には何も」

カチンと指輪がバーに当たる幻聴を聞いた。

「他の方は何か言われるんですか?」

「ええ、たまーに聞きますよ。奥さんがジム通いするのを嫌がる人の話。まあ有田さんよりご年配の方々が多いですけどね」

「うちの主人は何も」

「えー、ちょーいいご主人じゃないですかーっ」

どうしよう、にわかに白井自身のことが気になってくる。質問されるばかりじゃいまひとつもの足りない。

「白井さんは彼氏さんいるの？」

これ自分が結婚指輪をしていなかったら絶対にしていない質問である。果たして、白井の顔が輝いた。

「それがー、このまえ一周年だったんですよー」

こうして三回目のパーソナルは華のガールズトークのうちに終わった。前回までを冠婚葬祭の「葬」とするなら、今回はそれ以外の全てのめでたい催しだった。

結婚指輪、恐るべし。

奥さんごっこ、おもしろい。

はじめ、ユカリはこんな笑うに笑えない嘘をついたことにそれなりの罪悪感を抱いた。罪悪感と、そしてその裏返しのような惨めな気持ちを。が(まあいいか)とその日のうちには開き直っていた。嘘も方便とは世の習いだし、何よりあんなに会話が弾んだ。そのほうが皆ハッピーなのだ。

それに、私はいままで独身であることを散々馬鹿にされてきた。ちょっとくらいここで埋め合わせしたって構わないだろう。ユカリはポケットの中の誰かの指輪にさり気なく触れた。氷のようにつるつる冷たい未知の装飾品。これは至ってオーソドックスな銀色の指輪だ。あのタンクトップの「世界にひとつ」の落し物じゃない、に違いない。ユカリはいつまでもいつまでもそれに触れていた。

*

会社の最寄り病院から電話がかかってきた。何とも悠長な折り返しだ。

「先日お問い合わせいただいた健康診断の件ですけど」

都心のザ・一等地にある割に、その病院は何かと古くさい。健康診断の予約もいまだに電話オンリーで、いつもの会社負担のときは会社が予約するのでユカリは知る由もなかったが、今回は自己負担なのでこのアナログっぷりにはビックリさせられた。

「確認ですが、有田さんは三か月前にも受診されてますよね?」

まったく同じ説明を繰り返す。金は払うんだから黙って受けさせてくれよと思った。

「なるほど、体脂肪率が……」

担当者は事情を理解すると「五月十日はどうです?」と提案してきた。

「え、もっと早い日付になりませんか?」

今日は四月の十九日だ。ずいぶん先じゃないか。

「いやー、これが最短ですね」

曰く、連日混みあっている云々、提携企業さまのご予約が優先なので云々、そういう理由を並べられれば妥協するしかなかった。

「では五月十日の午前十時で押さえますね」

こればっかりは病院側の都合に合わせなければならない。「会社と提携している施設の発行する公式記録」でなければ健康増進チームは受けつけないのだ。もちろん血液検査などの一部の結果は後日にならないとわからないが、身長や体重などのその場でわかるものは当日に「公式記録」を発行してもらうよう依頼済みである。まったく本社はお役所的で困る。

かたや、少し喜んでもいた。ジムに通える期間が伸びるからだ。ジムで家庭持ちの人になりきるのが、密かな愉しみになっている。

＊

その日は白井が休みのため店長がパーソナルを担当することになった。ユカリは少し迷ったものの、例によって指輪をつけた。このころになると、ロッカーでいきなりつけるのは不自然だからと、入店する前にはつけていた。

店長が「大変お待たせしました！」と受付の前に来た。ユカリはそのときの素早い目の動きを見逃さなかった。チラと結婚指輪を見たのだ。知らず腕に鳥肌が立った。

「本日はよろしくお願いします！」

人間のこの広い表面積を持つ身体の中でその一点に着目するのは、ともすると異様なことに思われてならない。否、いままで自分が無関心すぎただけで、世間ではこれが普通なのか。人はまずは相手の顔を見て、それからその一点を見る。事実、そんなものは見なかった体《てい》になっているが、店長は確実に視界に収め、そして、何らかの判断を下した。

「有田さんダイエット順調ですね」

店長その人も結婚指輪をしていた。ユカリは自分の目の動きにもゾッとした。

「どうです、けっこうお腹周りとかが変わってきたと思いますけど、ご家族の方に何か言われましたか？」

なるほど……と膝を打った。ご家族の方に何か言われましたか？　いままでそんな訊かれ方をされたことはなかった。

「いやー、長年一緒に暮らしてるせいか、見事に何も言われませんよ」

アハハと笑ってみせる。

「あ、でもこの前いつもとお弁当の中身が違うねとは言われました。えー気づくのそこ？　みたいな」

結婚指輪、恐るべし。これをしているだけでユカリはいつもより格段に多弁だ。明らかにイキイキとしていて、何より性格がいい。だって心地よいのだ。自分が社会の正規会員のようで、順風満帆なのだ。

「そういえば白井からも話があったかと思いますが、どうです、体脂肪率カップにエントリーしてみません？」

すっかりそのことを忘れていた。どうやら店舗ごとにノルマがあるらしい。

「エントリーしたほうが絶対にモチベーションが上がりますし、ほら、今年は景品も豪華ですから」

ダイソンだったりiPadだったり、いかにも素晴らしいラインナップだ。店長の囁いたところによると「有田さんは入賞確実」らしい。

「既に三パーセントも減ってますし、当店にも欠かさず来てもらってますし」

ユカリがなおも渋っていると、店長は畳みかけた。

「ご家族にも喜ばれますよ」

愛する家族のためなら仕方ない。こんな妥協すら愉しい。

見ると、参加者はざっと百名くらいと、けっこういるじゃないか。思わずハッと息を止めたのは、そこに見覚えのある名前があったからだ。エントリー番号21番、谷本秀樹サン。この冷たい指輪の内側に彫られているTANIMOTO HIDEKI & MANAMIのTANIMOTO HIDEKIサンだろう。やはりこれは「風雲児」夫妻の所持品だったのだ。「世界にひとつ」云々の謂われは、名前入りという意味だろう。まあ、うすうすわかっちゃいたが、ふふふ、因果なことだ。

店長のあとにひたひたと続きながら、さっと周囲を見回した。いま谷本サンはいない。知らず拳を作った。まるで指輪に詳しくないが、これは男物なのだろう。ならばユカリの手には不釣り合いなはずだが、これは指にジャストフィットし、あたかも最初からユカリが持ち主だったかのようなふてぶてしさだ。ユカリは昔から手がムッチリ、ガッチリしていて憐れなほど野太い。なるほど白井も気づかないわけだ。こんなところで役に立つとは。

店長との会話は想像以上に弾んだ。遂にユカリは「子持ち」にレベルアップした。最近お子さんが生まれたという店長に「有田さんはお子さんいらっしゃいますか?」と気さくに訊かれ、そんな質問をされたのは人生で初めてだったが、同程度かそれ以上の気さくさで「ええ」と頷いたのだ。

「いまおいくつですか?」

ユカリは店長にカウントされながらレッグプレスを終えた直後だった。軽い酸欠状態で四則演算を行い、ここは十歳、と即決する。二十七で産んだことになるからまったく不自然ではない。むしろ誰にも文句を言わせない完璧なシナリオだ。

「今年で十歳です」

「じゃあ小学四年生ですね」

ユカリは瞬時混乱したのちに「ええ」と落ち着き払って答えた。十歳がいったい何年生なのかパッと出てこない。

「もーやんちゃでやんちゃで」

「ははは、元気で何よりじゃないですか」

ユカリはものすごく笑顔だった。破顔というのはいまのような状態だろう。何だ、家庭持ちの人になりきるのって死ぬほどカンタンなことだ。指輪ひとつで皆サンこんなにきれいに騙されてくれる。こんなにあっさり偽装できるなら、負い目に感じるのが馬鹿みたいだ。

「お子さんはおひとりですか？」

ユカリは総務省統計局の世帯モデルをイメージした。あれだろ、一姫二太郎ってやつだろ？

「子供は二人います」

名前まで考えはじめる。アズサとマナブでいいか。

「下の子は八歳なんですけど、もーこれもやんちゃでやんちゃで」

「どちらも男の子ですか？」

「いえ、上が女の子で下が男の子」

「あーなるほどなるほど」

二児のママごっこ、おもしろい。二十四時間できる。

そして、やっぱり指輪をしていると、皆サン菩薩のように優しい。

「やっぱりお子さんがいらっしゃったんですね……」

店長が膝をついた。

「実は出産経験のある方ですと、脚のトレーニングで骨盤のコントロールが上手くいかない場合があります。有田さんもですね、もっとこう骨盤を前傾させて……」

結婚指輪って、すごいな。無料で皆さまからの敬意を集められる。ユカリは言われた通り骨盤を意識しながら、ただただ感慨深かった。今日は脚の日なので基本的に手を使うことはないが、レッグプレスのマシンには踏ん張るための持ち手が用意されている。その座面下にある持ち手を握ってみると、ほら、指輪の冷えが肌にしみ入る。ユカリはそんなどうだっていい事実を、ことさらじっくりと噛みしめた。人生でまったく指輪をしてこなかったユカリのようなモサい女は、こんなことに花鳥風月を見るのだ。

「僕も先月赤ちゃんが生まれて、子供は二人なんですけど、お兄ちゃんがお兄ちゃんらしくできるのかどうか……」

ユカリはフンフンと店長の育児相談に耳を傾けながら「大丈夫ですよ、私もそうでしたから」などと応じた。子持ちだと人サマと共有できる事項がざっと三倍には増える。

そうして、飛ぶ鳥を落とす勢いになったユカリは、無性に危ない橋を渡りたくなった。

「……そういえば、このまえ結婚指輪をなくされた方がいましたよね？」

ただ純粋に思ったのである。この人類共通の優れたシンボル、結婚指輪を失った夫婦は、さぞかし肩を落としているだろうと。あのときのユカリには、どうして奥さんがあんなに激高しているのか、よもやわからなかった。いまだったら身をもってわかる。こんな金物ひとつで世界が快適になるなら、そりゃ怒髪天を衝くわけだ。

「あれは見つかったのでしょうか？　ご夫婦にとって何より大切なものを失くされてしまって、ずっと心配していたのですが……」

ユカリは「とっても可哀想……」と沈痛な面持ちになった。「可哀想……」と人に向かって同情するのは、何て痛快なのだろう。

「そういえばあのとき有田さんに場所を空けてもらいましたよね。その節は誠にありがとうございました」

曰く、あのあと店長の指揮する大捜索部隊は店内をしらみつぶしに探したのであるが、そんなロード・オブ・ザ・リングの果てに指輪は見つからなかったらしい。

まあ、それはそうだろう。

「今度マシンの入れ替えをする話があって、そのときにまた探します。谷本さんご夫婦にもそのようにご理解いただきまして……」

「見つかるといいですね」

ユカリは聖母のように祈りをささげた。絶対に見つからないけどな。

＊

あっ、と会社のエントランスでひざまずいた。社員証を取り出したさいに、うっかり結婚指輪を落としてしまったのだ。落ちた衝撃で傷がついていないか、ユカリは矯《た》めつ眇《すが》めつ見た。

なあ、あなたは悪魔だ。そのきらめきで人間間《かん》の交友を変える、寡黙な銀色の悪魔だ。高野じゃないが、従来ユカリは結婚指輪にあまりいい印象を抱いていなかった。あれはただのアピール魂というか、人間のさもしさのあらわれであると。結婚指輪の意義やルーツはわからないが、もしそれが「わたしは売り切れました〜（残念でした〜）」とのメッセージだとすれば、なおのことその存在自体を「イタい」と感じた。公人ならともかく、そんな誰も聞いていないことを世に発信する心理がイタい。加え「（何かと目につく手許で）視覚に訴える」という点においても、有無を言わせぬ執念を感じる。

百歩譲ってそれはいいにしても、その「わたしは売り切れました〜（残念でした〜）」とのメッセージを発している人が、いわゆる残念なビジュアルだったりすると、この人は果たして正気だろうかとユカリは神経を疑う。どうしてこの人たちはいい歳こいて自分を客観視できないのだろうと。と言うのもユカリ自身が残念なビジュアルなので、例えば「わたしは売り切れました〜（残念でした〜）」とのメッセージを自、分が不特定多数の人たちに発信しているのだと思うと、想像しただけで穴を自作して一生こもっていたくなる。容姿端麗、眉目秀麗、長身痩軀、才色兼備な人たちだったら構わないが、自分がすると片腹痛く、共感性羞恥というのだろうか、それを見ている皆さまにも恥ずかしい思いをさせてしまうだろう。

が、いまのユカリにはわかる。その密かな長年の見解が、いかに間違っていたか。指輪に自分の顔が映った。ただちに（こわ）と思った。自分でも前世は金剛力士像なのかと疑うが、確かにこの強面でザ・おひとりさまとなると、もう一口に言って何を考えているかわからない人だ。自分の顔にはフレンドリーを感じさせる余地が一切なく、この人といったい何をどう話せばよいのか本人ですらわからない。思えば、初回のパーソナルでの白井トレーナーはよくぞ奮闘したものだ。こんなジャバ・ザ・ハットのような謎オバサンを相手に、六十分をやりすごしたのだから。

自分を客観視できていないのは、他でもない、私のほうだった。

自席のカレンダーに、あっと気づいた。今日は二十五日、給料日だ。手が勝手に社内イントラを開き、おお、ミス・高野の証言どおり「ご結婚・お誕生おめでとう！」

が大更新されている。今月も数多くのカップルが生まれ、数多くのお子が生まれ、何ともつつがなき天下泰平の安らかな世だ。ユカリはククと笑った。左手にキラリと幻影が光る。人の「おめでとう」をきちんと「おめでとう」できる人間に、初めてなれた気がした。

＊

「有田、お前って結婚してないよな?」

部長に緊急招集された。狐につままれた気分になりながら「してないですよ」と答える。そんなの部長の立場だったら自明だろう。

「籍は入れてないってことだろ?　もしかして事実婚とかしてる?」

ジ、ジジツコンだと?　ユカリはその外国語のような単語に当惑しながら、じっと部長を見返した。何でも「そういう噂を聞いた」らしい。

「何か有田に『いい人』がいるって……」

ユカリはすぐさまピンときた。まさか、あのパーソナルでの奥さんごっこが漏洩したのだろうか？

「あとなに、有田ってお子さんもいるの？　お相手の連れ子さんってこと？」

ほぼ確定じゃないか。そもそも社割のきくジムだ。しかしホラの出所よりも、部長のいつにない興味津々っぷりのほうに気をとられた。こののらりくらりとした愚鈍な部長が、スクープを嗅ぎつけた記者のように前のめりになっている。

「え、どうなのどうなの？　ほら、配員にもかかわるからさ！」

人間ってホントに色恋の話に目がないよなあ。だんだん動物を相手にしている気分になってきた。が、事実婚って妙案だなあと感心する。誰がどう流した噂なのか知らないが、何て私に都合のいいように解釈してくれたのだろう。どうして「付き合っている人がいる」とか「恋人がいる」ではなく「事実婚」なのだろう。そんなのユカリ一人だったら絶対に発想できなかった。

流石に会社に嘘をつくことはできない。ここは正直に答えよう。が、こんなに燃え立つ上司のオメメ、いまだかつて見たことがない。会社の人に一目置かれるって、何て愉快なんだろう。

「……ええ、実はそういう人がいるんです」

部長の顔がイルミネーションのように点灯する。まさかこのデブスの有田に「いい人」がいたとは、衝撃、の一言であろう。

「あー、そうだったのそうだったの……え、あ、えええええええっ？　あっ、そうだったんだー……」

ユカリは現実を思い知った。私には嘘でも「いい人」がいるほうが皆がハッピーセットなのだ。思えば、噂を流したミスターXが「付き合っている人がいる」とか「恋人がいる」ではなく「事実婚」と表現したのは、それすなわち社会規範に照らしてそうであって欲しいからだろ？　そうじゃないとユカリという生き物の存在に説明がつかないからだろ？　やはりどんなに時代が進んでも意識が変わっても、こればっかりは変わらないよ。独身女って可哀想なのだ。独身女って惨めなのだ。そしてユカリのような女のもたらす色恋事情《サプライズ》は隕石のごとしなのだ。

「いやー、有田にそんな人がいたとは、それは知らなかったなあ」

部長はいちどむせた。

「でもすごくいいことだよね。人生の伴侶がいるっていうのは」

ユカリは社会貢献している気持ちだった。私は私のリスクにおいて嘘をついて、こんなに人を感激させている。これ慈善事業と言わずして何だろう。

「あのね、これは前にも言ったけど」

部長はゴホンと咳ばらいした。

「有田も自分のプライベートがあるなら、それを大事にしていいんだからね？　あれだよね、有田はずっと結婚したかったんだけど、仕事柄あえて事実婚なんだよね。それは俺の立場にすればありがたいんだけど、もう会社に人生を捧げる時代じゃないからさ」

思わず噴き出しそうになる。都合のいい解釈が都合のいい解釈を呼び、職場でも家庭でも大活躍するスーパーヒロインが勝手に作り出される。

「サンフランシスコの件も大丈夫なの？　え、お子さんはいまおいくつ？」

ユカリは「十歳と八歳です」とすんなり答えながら（いい気味だ……）と思った。

お前ら少しは私のフットワークに付加価値をつけろ。

「部長、お気遣いいただきありがとうございます」

ユカリは少しでも多く恩を売っておこうと、丁重に受け答えた。

「お気持ちは大変ありがたいのですが、今回は私に行かせてください。例の健康増進のほうも、準備万端ですから」

「ホントに大丈夫なんだね？　たぶん一年とか二年になるけど、単身で行ってくれるんだね？」

部長としては「家族」とともにいてほしいのだろう。シルバニアファミリーのようなワンセットとして。

「ええ、単身で行きます。もちろん、その、家族と過ごしたい気持ちは山々ですが、みんな私の仕事のことを理解してくれていますので」

完璧だ、とユカリは目を瞑った。こりゃあもうこれ以上は考えられない稀有なコンディションでは？　出張もできて馬鹿にもされないザ・パーフェクトステイタス。事実婚って最強。「女の幸せ」は自称。そして我らが体脂肪率は近年にして最小。上司も部下が「婚期を逃した」状態ではないので、大手を振って社を歩ける。

「そうだ、あれだな、事実婚だったら、帰国休暇が二か月に一回になるかもしれない」

会社が飛行機代を負担する「帰国休暇」は独身だと三か月に一回だが、既婚だと二か月に一回になる。流石に法律婚じゃないと無理だと思うが、部長は「人事にかけ合ってみる」と息まいた。

「少しでも家族との時間をとれるようにするから！」

ユカリは薄っすら脂汗をかいた。嘘も金が絡むのはまずい。が、いまさら撤回できず、無理だろうとの見込みも手伝い、黙って好きにさせた。

「今年のゴールデンウイークは家族で過ごせるな。そんなのもうずっとなかったんじゃないか？」

どうやらバカ正直に生きすぎていた。どうしてもっと早い段階で嘘をつかなかったのだろう。所詮は人の「プライベート」なんて自己申告にすぎない。確かめる手段がないがゆえの「プライベート」である。

「そうですね、今年は家族でどこかに行きたいですね」

「たまには国内旅行しなよ」

ガハハと部長は笑った。

*

実際のゴールデンウイークに予定はない。ユカリは健康診断という名の計量が迫っていることから、試合を控えたボクサーのように減量に集中した。

その日、体組成計に乗ったユカリは、おっと目を見開いた。

体脂肪率、二十八パーセント。

やった、遂に目標達成。ユカリは無音の溜息をついた。やれやれ、長い闘いだったぜ。あとはキープするだけだ。視界に入った結婚指輪に（ありがとう）と唱えた。

チラと体脂肪率カップの中間発表を見ると、なかなか盛り上がっていた。同カップは四月から五月まで、二か月の短期戦だが、五月一日の段階で中間発表が行われ、結果が貼り出されている。中間発表の報告は任意なのでユカリは参加していないが、減量幅七パーセントならもしやグランプリでは……？　そんなことを考えながら眺めていたら、ある行に目が吸いよせられた。

見たことのある名前だ。すぐに「ご結婚・お誕生おめでとう！」で紹介されていた人物だと気づいた。ついこの前、幸せのお裾分けとばかりに写真も掲載されていた人だ。

まさか、こいつが社内に噂を流したミスターX……？

ユカリはひとりハッと笑うと、意気揚々とロッカーに引き上げた。真偽のほどは定かじゃないが、そんなところだろう。良くも悪くもユカリは誰かによって「事実婚」と結びつけられた。

やや、正面から谷本サンが迫ってくる。さっと左手をタオルで隠し、事なきを得た。もっとも既に何度もすれ違っていて、その度にヒヤヒヤしていたが、相手はまるで気づかないどころか、ユカリそのものすら認知していない。

ユカリはタオルから左手を出すと、堂々とピースしてみせた。あるいは、この指輪のほうが自分といたがっているのではないかと思う。それは以前ほどにはヒヤリとせずにユカリに同調している。金属なのに温かく、拾い物なのに親しく、あたかも身体の一部になったかのようにユカリに寄り添っている。

＊

「有田さん、もう一回！　頑張って！」

月曜、ユカリはパーソナルを受けていた。このころになると毎日のように体組成計に乗り、常に体脂肪率二十七パーセントをキープしていた。いいぞ、いいぞ、この調子。サンフランシスコへ向かう旅客機の幻影が見える。

「はい、お疲れ様でした！」

白井がプレートをもとに戻してくれる。指輪のおかげで白井とはすっかり仲良しになり、ジムを退会するのが惜しいほどだった。やはり見た目が残念で口下手な人ほど結婚指輪はしたほうがよい。人はとりあえず結婚指輪をしていれば、していないときより三割は信用される。人間関係といっても結局のところパッと見の印象にすぎない。

結婚指輪のその幅せいぜい五ミリは、ものすごく雄弁である。

「ゴールデンウイークはどこかに行かれましたか？」

白井は彼氏と熱海に行ったという。ユカリは家族で白浜に行ったと事前に用意していたように答えた。

「白浜マジでいいっすよねー。子供のころよく行きました」

キラリとユカリの薬指が光る。この遊びも、あともう少しだ。

「けっこう混んでましたか？」

「ええ、すごい賑わいでした」

ふと不安定な気持ちになった。こんなにフラフラと嘘をつく自分は、いったい誰なんだろう。本当の話より嘘の話で盛り上がる自分って中身があるのかないのか。他人《ひと》の、社会の望むように会話を運ぶのは憎らしいほど簡単である。ただしきちんと地面に両足をつけて立っている感じはしない。もともと嘘は嫌いだった。

レッグプレスの次はレッグカールだ。が、目下のそれは使用中で、他の脚のマシンも塞がっている。ゴールデンウイーク明けは混雑するらしい。

「次どうしましょうか……」

ユカリはぐるりと周囲を見渡した。実は前にも同じことがあって妥協でストレッチしたのであるが、それだったらどんな形であれ筋トレしたいと思う。

「あそこ空《す》いてますよ」

ユカリはジムの壁際を指さした。ズラリとダンベルの並ぶ一画だ。

「え、フリー種目やります？」

ユカリのメニューに「フリー種目」はない。フリー種目とはダンベルやバーベルを使うトレーニングで、一般に上級者向けとされる。確かにマシンだったらユカリももう一人でできるが、あそこだと何をやったらいいかわからない。

「そんなに難しいんですかね？」

「いえ、そんなことはありませんけど……」

白井は何やら後ろ向きだった。予定外のことはさせたくないのだろう。だったらやっぱりストレッチでいいですと、そう譲歩しようとしたとき、ユカリの口は「あ」と発音してそのまま開きっぱなしになった。ミスターXがいたのだ。あれはミスター

Xだよな？　目を精一杯に凝らしてそうだと確信する。あの赤ちゃんの隣で微笑んでいたパパと同じ形の顎髭を蓄えている。

「フリー種目、やってみたいです」

ユカリのアピール魂が疼いた。決然と意思表示すると、白井は「やりますか」と応じてくれた。二人はよちよちとフリーのエリアに入り、白井がダンベルを選んだ。

いま、ミスターXが私を見た。やはりこいつの暗躍なのだ。私はあのXの耳に聞こえるように「家族」の話をする。だってあの部長の豹変を思い出せよ。あの人、私にひれ伏していた。

「ダンベル・デッドリフトをやりましょうか。レッグカールと同じ腿裏の種目です」

白井は一対の大きめのダンベルを手に持つと、早速実演をはじめた。身体の前に持ったダンベルを腿裏の力で上げ下げする種目だ。足の上にダンベルを落とさないようにしてくださいと息も切らさない。

「これ女性にはマストの種目ですから。お尻がプリッと上がりますよ」

いざ白井から十キロのダンベルを受け取ってみると、ズシリと骨に重たい。

「そういえば、主人が白浜でパンダにハマっちゃって」

　ユカリはいきなり切り出した。

「やっぱりナマで見るとかわいいですよね。子供たちも大はしゃぎで」

「私もパンダ大好きですよ。あそこにいるパンダは全員名前言えます」

　ダンベルがなかなか安定せず、ユカリはそれを握り直し、その度に指輪がカチカチと笑いさざめく。おい、聞いたか、そこのミスターX。この結婚指輪の声を聞いたか。私は奥ゆかしい人間だから自分からは言えないけれど「プライベート」はこういう話題でてんこ盛りなのだ。

「有田さんのその結婚指輪って、けっこう大き目ですよね」

　片膝立ちでユカリのフォームをチェックしながら、白井が呟いた。

「それって女性用ですか？　なかなか見ないデザインかも……」

「女性用ですよ」と悠然と応じながら、ゆっくりと前傾した。白井の指摘にドキリとはしたが、それ以上に指輪が人に見られていることが無性に嬉しい。私は事実婚をしているんだ！　全世界の人がそれを知ればいい。

「腰は曲げないようにしてくださいね。腰痛の原因になりますから」

最初のセットは無事に終わり、ユカリはダンベルをやや重いと感じた。しかし筋トレなのだから負荷が重いのは至極当然である。そのまま二セット目に入り、七、八、九とやると、なるほど腿の裏側が回を追うごとに強烈に熱い。フォームがばっちりハマっているのか、ピンポイントに刺激が入っている。

トレーニングって、最高だな。

自分が自分であることが嬉しい。

そして、最後の十回目で、ボゴンと聞いたことのない音がした。

ユカリは床に崩れ落ちた。

「あっ、有田さん、大丈夫ですか?」

直後、焼けつくような痛みが走った。脚に力が入らない。ユカリはその場にうずくまりながら、怪我をしたことを悟った。ジムでのこうした緊急事態は、あるようでなかなかないらしい。スタッフたちは一様に慌て、急ぎアイスノンがあてがわれた。一時は救急車を呼ぶことまで議論されたが、それは大丈夫ですと固辞する。

「とりあえず整形外科に行きましょう。どうします、旦那さんに迎えに来てもらいますか?」

ジンジンと患部が脈に合わせて痛い。周囲はいつにない怪我人の発生にざわつき、ユカリはチラチラと野次馬の目に晒された。大人の怪我って妙に恥ずかしい。そんなテレている場合ではないのに、痛がりながらテレていた。

バンビのように恐る恐る立つ。何とか自立することができた。白井の肩を借りながらケンケンで移動し、渡された水を飲んだ。

「あれ、有田さん、この緊急連絡先、お母さんの番号みたいですけど……」

痛みが全身から引いた。

「お迎えはこちらでいいですか? 旦那さんのほうがいいですよね……?」

「いえ、あの、主人は」

頭をフル回転させる。

「主人はものすごく忙しい人で、そこにはあえて書かなかったんです」

幸い、スタッフたちは信じた。

「すみませんが、タクシーを呼んでもらえますか?」

夜間診療で「肉離れ」および「全治三週間」との診断を受けた。

「まあ全治となると三週間ですけど、一週間もすれば普通に歩けるようになるでしょう」

大量のロキソニンと湿布が処方され、再来は不要と言われた。当人としては信じ難いが「軽度の」肉離れらしい。同じ肉離れでも重症だと車椅子になるケースもあるそうだ。

今日は五月八日である。飛行機は三日後、五月十一日で手配している。それは健康診断の翌日であって、体脂肪率がアンダー三十であれば、会社もといあの健康増進チームは即時ゴーサインを出すので、何もギリギリではない、はずだった。

「松葉杖を一本お貸出ししますので、数日はこれで生活してください」

とは言え松葉杖でも飛行機には乗れる。あっちでゆっくり治せばいいのだ。「全治三週間」と聞いたときは頭が真っ白になったが「軽度」だったのはよかった。

「まあ不自由もするでしょうけど、ご家族の方の手も借りながら、しばらくは安静にお過ごしください」

医者がチラと結婚指輪を確認したのを、ユカリは見逃さなかった。


家に帰ると、携帯に何通もの不在着信が入っていることに気づいた。かけてみると、店長が、それから涙声の白井が、猛然とユカリに謝罪した。

「誠に申し訳ありませんでした！」

白井を恨む気持ちは一ミリもない。ユカリは「気にしないでください」と幾度となく繰り返し、白井は「申し訳ありません」と同じだけそうした。

「こんな至らぬトレーナーで本当に不甲斐ないです。もうトレーナー失格です……」

今更ながらに、白井が乗り気じゃなかった理由がわかった。筋トレって危ないのだ。

「有田さん、今月で退会されちゃうんですよね。その間際でこんなことになってしまって、重ね重ね申し訳ございません。どうか当面は無理をなさらず、安静にお過ごしくださいね。またいつでもいらっしゃってください」

はじめ、ユカリは白井のことをただのギャルだと考えていた。自分には到底合わないパリピな人だと。が、この子はいいトレーナーだ。失格だなんて言わないでくれ。あなたでなければいろいろな意味でジム通いは続かなかったかもしれない。

そうして通話を切り上げたのは、午後の九時だった。

それにしても、思い出してヒヤヒヤするのは、やはり怪我のその瞬間以上に、あの緊急連絡先を皆の前で告げられたときだ。緊急連絡先とは盲点だった。まったく九死に一生を得た。咄嗟にうまいこと言い繕えたのは、奥さんごっこの賜物と言える。

ユカリは翌朝になって気づいた。真の盲点は緊急連絡先ではなかった。

そういえば、手負いの人というのは、健康診断を受けられるのか……?

「あの、五月十日に健康診断を予約した者なんですけど」

午前十時、ユカリは会社の廊下でボソボソと訊ねた。

「実は昨日ジムで腿裏を、あれですかね、ハムストリングスっていうんですかね、その肉離れを起こしちゃって」

だったら完治してから来てください、と、にべもなく言われる。

「いや、ちょっと事情があって、明日中に体脂肪率の結果が必要なんです」

「申し訳ありませんが、完治してからお越しください。検査で病状を悪化させてしまう恐れもありますので」

取りつく島もなかった。しかしユカリも妥協するわけにはいかない。

「じゃあ体脂肪率だけ測ってもらえませんか？　どうかそれだけお願いできませんか？」

加藤忠の社員であることをほのめかす。担当者が「少々お待ちください」と保留ボタンを押し「英雄ポロネーズ」のメロディが流れた。

「ハムストリングスの肉離れと仰いましたか？」

別の担当者が出る。

「両足をついて、ピンと直立できますか？」

いったい何の話だ。訊くと、何でも体脂肪率は足の裏から微弱電流を流して測定するらしい。

「ハムストリングスの肉離れってけっこう重症だと思いますけど……申し訳ありませんが、その体勢が難しければ測定はできかねます」

その場で実際にやってみると、とてもじゃないができない。どうしても右足がプラプラと床から浮いてしまう。すごく無理すれば踵までつけられるが、すると上体が不自然に曲がり、とても「ピンと直立」ではない。

正直に言うと門前払いになりそうなので「何とかできます」と答える。

「片足に体重が乗っている状態ではありませんね？」

「ええ、均等に乗ってます」

多少強引だったとしても、私はサンフランシスコに行かねばならない。嘘は知恵とガッツがあれば必ず真実にできる。最悪ロキソニンを飲みに飲めば何とか凌げるはずだ。

「それでは有田さんは身体測定の項目のみのご受診ということで……」

松葉杖をつきつき自席に戻る。まったく松葉杖など人生で初めて使うアイテムで、最初の三歩こそ便利なもんだと感心したが、いまとなっては便利なのか不便なのかよくわからない。何より松葉杖は目立つ。同僚たちは今朝のユカリにギョッとドン引きし、すれ違う人たちはほぼ必ずこちらの容態をチラ見していく。ユカリは面目なかった。

ようよう席につくと、リリリと社用の携帯が鳴った。初めて聞く呼び出し音である。

「あの、噂に聞いたのですが」

人事の知らない人だった。やや浮ついた口調で続ける。

「有田さんには長年連れ添っている事実婚のお相手がいらっしゃるんですって？　私『ご結婚・お誕生おめでとう！』というコーナーを担当しておりまして、もしよかったらそこで紹介できないかなあと」

ゾッと鳥肌が立つ。

「こういうご時世ですから、従来の枠にとらわれずにさまざまな方を取り上げたいんですよね。例えばお孫さんだったり再婚の方だったり、前は対象外だったんですけど、ええ、こういうご時世ですからぜひとも知ってもらいたいなあと。ね、たとえ籍は入れていなくても、事実婚だってひとつの新しい家族のあり方ですから……」

すみやかに断った。昨日はあんなに宣伝してほしかったのに、我ながら愕然とするほど虫唾が走る。なぜって、その噂の広がるパワーが、凄まじすぎたからだ。噂の内容がまた別のものだったら、ここまで皆が食いついてくることはなかっただろう。なあ、どうして人間というのはどいつもこいつも、そんなに下半身に目がないのだ？誰と誰がつながったーとか、誰と誰がいたしたーとか、所詮人はその点でしか人を見ないし、人に見られない。しかしまさかここまでだったとは、もはやホラーの域だ。

早くこんなところから出たい。

ユカリは居てもたってもいられなくなると、その場でピンと立つ練習をした。右脚を伸ばすなり強烈な痛みが走り、ひとり涙目になる。どうしよう、あした体脂肪率を測れなければ、ここから出られない。

松葉杖がバタンと倒れた。誤って腕が当たってしまったのだ。それはユカリと高野の中間に落ち、派手な音を立てた。高野はそれを、拾い上げなかった。じっとデスクトップを睨んだままだ。ユカリは心の中で悲鳴を上げながらスローモーションで拾い上げた。

高野はこのところユカリに冷たい。今朝だって松葉杖をついて出社したのにどうしたんですかのひと言もなかった。どーせこの子も「事実婚」の噂を耳にしたのだろう。いままでイモい独身女のエースとしてユカリにシンパシーを抱いていたらしいが、それがこの大ドンデン返しによって見事に崩れ去ってしまった。ハハハ、あのな、新人、そういう話だったら、そんなリスペクトはこっちから願い下げだ。あなたも所詮は婚姻状態で人を分けるアニマル。ねえねえ、どうしてそんなにプンプンしてるの？　だったら目印の結婚指輪でもしていればよかった？　社会のはぐれ者ではないことを如実に示す勲章としての結婚指輪を。

早く、早くここから出たい！

お昼休みにピピピピピと、今度は自分のスマホが鳴った。アッ！　と閃いたのはそのときである。

そうだ、あのジムにある体組成計は。

手から微弱電流を流すんじゃなかったか？

「有田さん、脚は大丈夫ですか？」

白井からの安否確認だ。ユカリは大丈夫ですよと答え、ストレートに訊ねた。

「え、うちの体組成計ですか？　ええ、ピンと直立できなくても大丈夫ですよ。あれは脚の不自由な人でも利用できる最新機種ですから」

神さま仏さま女神さま！　ユカリは「ああ！」と感嘆の声を上げた。そうだ、いつも当然のように靴を履いたまま乗っていた。

「それがどうかされましたか……？」

ユカリはしばし迷った挙句「あの、体脂肪率カップで……」と答えた。白井は拍子抜けしたに違いない。昨日ド派手に肉離れした人が、何てノーテンキなんだろうと。

「今晩測りに行っていいですか？」

「え、今晩ですか？　ええ、いつでも構いませんけど……」

ユカリは興奮したまま電話を切った。もう体脂肪率を測る手段はこれしかない。念のため諸悪の根源である健康増進チームの言質をとることにした。

「え、ジムの体組成計ですか？」

「もちろんそれでもＯＫですよね？　会社と提携している施設ですから」

「いやー、その会社と提携している施設というのは、主に医療機関などの……」

「適度な運動をしろって言ったのはあなたでしょ?」

ユカリは思わずシャウトしていた。

「必ずしも病院にかかる必要はありませんって、あなたが言ったじゃないですか!」

生活習慣病はその名の通り、生活習慣を見直せば改善する、のだろ? だったらジムだって立派な「医療機関」だ。ユカリがそのようにオラオラと承諾を迫ると「少々お待ちください……」となり、一分後、チームのボスっぽい人が電話口に出、ユカリはその人と再びバトることになったが、やる前から決着はついていたようなものだ。

あのな、お前らと私とではまるで戦歴が異なる。本社でヌクヌクと就労してきた君ら温室リーマンたちが、野生、それも茨の国外で叩き上げられた海外《わたし》営業のネゴ力《りょく》に勝てるわけがないのだ。勝負はものの一分でついた。

サンフランシスコが、私を呼んでいる。

＊

午後七時、ツカツカと松葉杖をついたユカリは体組成計の列に並んだ。ロッカーに寄る必要もなかったので入店するなり最後尾についた。

いつにない列ができていたのは、エアロビのクラスの直後だったからだ。見るからにド暇なオバチャン三人が自分の前で待っている。正直なところビジネスクラスで先に搭乗させてほしかったが、ユカリは大人しく待った。

「有田さん、どうもお疲れ様です」

白井が駆け寄ってくる。ユカリの容態にギョッとしつつ、存外普通に歩けていることには安堵している様子だ。

「あと少しお待ちくださいね。どれだけ減ってるか、楽しみですね」

体組成計まで、あと一人だ。ユカリは心を無にして順番を待った。ああ、長かったなと思う。この二か月弱の奮闘は実に長かった。たくさん嫌な思いもしたし、たくさん嘘もついたけれど、ユカリはもうそれらのことは何でもいいと思った。私はもうここを離れる。

突然、指が冷たくなった。

気づいたときには、カツーンと音を立てて、それは床に落ちた。

即座に拾い上げようとした。が、そんなのはとても無理だった。脚が屈むことを許さない。脚が屈むことを許さない！　白井が俊敏に拾い上げた。やめて！　と制する間もなかった。

「あれ、これってもしかして……」

内側には本来の持ち主の名前が刻み込まれている。血の逆流する思いだった。なぜだか引き攣ったように笑っていた。

「白井さん！」

ユカリは叫んだ。

「あの、やっぱり今日はいいわ」

「え、やっぱり今日はいいって……」

もうここにはいられない。ユカリはいきなり列から離脱すると、ひよこひよこと出入口に向かった。

「え、ここまで来て測らないんですか?」

なあ、あまりに冷淡すぎる。どうして最後の最後で裏切る。あんなに私に嘘をつかせて一緒に愉しんだくせに!

「……白井さん、あなたはいいトレーナーだよ」

最後に、後を追ってきた白井に言った。

「え、何の話です?」

「あなたはトレーナー失格なんかじゃないよ。正しい知識を人に教えられるから。ね、人って痩せると身体の末端からシュッとするものなんだね」

ほとんど駆け出さんばかりだった。きのう肉離れを起こした人がこうも大胆に動けるものかと思う。が、ユカリはできたのであって、いつしか白井を振り切っていた。松葉杖をジムに置いてきてしまった。頭が沸いて沸いて沸いて、痛みはまるで感じなかった。

一目散にジムから離れ、信号の前で立ち止まる。これはいける、と確信すると、その場で仁王立ちしてみた。ロキソニンも何も飲んでないのに、ピンと立つことができた。ピンと、ブレずに両足をつけた、完璧な直立の姿勢だ。「やった!」と思わずガッツポーズした。やっぱり嘘は嫌いだ。ユカリは(さよなら)と思った。さよなら、冷ややかな悪魔!

◎石田 夏穂（いしだ・かほ）
一九九一年埼玉県生まれ。東京工業大学工学部卒。二〇二一年「我が友、スミス」が第四五回すばる文学賞佳作となりデビュー。その他著書に『ケチる貴方』、『黄金比の縁』、『我が手の太陽』、『ミスター・チームリーダー』がある。

【初出】
本書は、U-NEXTオリジナル書籍として書き下ろされたものです。また、この物語はフィクションであり、実在する団体・人物等とは一切関係がありません。

ISBN:978-4-910207-53-7 C0093 定価（本体900円＋税）

冷《ひ》ややかな悪魔《あくま》
二〇二五年四月一一日　初版第一刷発行

◎著者＝石田夏穂《いしだかほ》
◎装画＝前田豆コ　◎ブックデザイン＝森敬太（合同会社飛ぶ教室）　◎編集＝寺谷栄人　◎発行者＝マイケル・ステイリー　◎発行所＝株式会社U-NEXT／〒一四一・〇〇二一　東京都品川区上大崎三・一・一　目黒セントラルスクエア／電話＝〇三・六七四一・四四二二（編集部）／〇四八・四八七・九八七八（書店様用注文番号）／〇五〇・一七〇六・二四三五（問い合わせ窓口）　◎印刷所＝シナノ印刷株式会社